Claire McNab

Spaß muß sein

Claire McNab

Spaß muß sein

Offensive Krimi

Aus dem australischen Englisch
von Gerlinde Kowitzke

Frauenoffensive

1. Auflage, 2005

Metzstr. 14 c, 81667 München
www.verlag-frauenoffensive.de
info@verlag-frauenoffensive.de

ISBN 3-88104-374-8

Druck: Clausen & Bosse, Leck
Umschlaggestaltung: Erasmi & Stein, München

Dieses Buch ist gedruckt auf Papier aus chlorfrei gebleichtem Zellstoff.

Die Personen

Carol Ahton	Kriminalkommissarin
Mark Bourke	Kriminalinspektor
Anne Newsome	Kriminalwachtmeisterin
Inspektor Huffner	Bezirkspolizist
Mylton Ryce	Geschäftsmann
Deanna Ryce	seine Frau
Rae und Ted Ryce	seine Kinder
Kymberly Watson	seine Geliebte
Verity Stuart	Geschäftspartnerin
Ian McNamara	Geschäftspartner
Basil und Morris Clement	Geschäftspartner
Larry Frobisher	Online-Kolumnist
Neville Bendix	Pilot
Polly Treeve	Haushälterin
Yvonne Knight	Reporterin
Joycie Sandys	Gastwirtin
Sybil Quade	Carols Ex-Geliebte
Tante Sarah	Carols Tante
Sinker	Carols Kater

Prolog

Milton Ryce stürzte sich elegant ins Leere, er genoß den Kitzel des freien Falls. Wenn er die Arme ausbreitete, hatte er das Gefühl zu fliegen, unter ihm drehte sich die Erde, sein Zuhause der Himmel.

Über sich sah er Verity Stuarts roten Anzug, als sie aus der leuchtend blauen Maschine von *Skydivers Anonymous* sprang. Er lachte in sich hinein. Egal, wie oft Verity sprang, sie würde immer eine vorsichtige Springerin bleiben – immer zog sie die Reißleine viel zu früh. Aber diesmal würde der beruhigende Ruck des sich öffnenden Fallschirms ausbleiben. Verity würde in Panik geraten – die dumme Triene. Er wünschte, die Kamera könnte etwas von ihrem Ausdruck einfangen, wenn sie auf die Erde zustürzte.

Bis sich der Notfallschirm öffnete, würde sie sich vor Angst in die Hose gemacht haben. Der würde sich natürlich öffnen. An ihm hatte er sich nicht vergriffen. „Wir haben uns nur einen kleinen Scherz mit dir erlaubt", würde er sagen, wenn er kurz nach ihr auf dem Boden aufkam.

Verity würde stammeln, hysterisch, dann würde ihr die demütigende Peinlichkeit bewußt werden. Und mit ein bißchen Glück wäre Ted mit der Videokamera nahe genug, um das Schauspiel ihrer Landung aufzuzeichnen.

Milton Ryce warf einen prüfenden Blick auf den Höhenmesser an seinem Handgelenk. Verity über ihm tat wahrscheinlich jetzt das gleiche, dann würde sie die nutzlose Reißleine ziehen. Wieder lachte er, dann zog er selbst die Reißleine. Mit etwas Glück würde sie an ihm vorbei stürzen, ihr Schrei im Heulen des Windes verwehen.

Etwas stimmte nicht. Er drehte den Kopf, um zu sehen, was los war. Sein Schirm glitt heraus, ohne sich aufzublähen. Er fluchte laut, eher verärgert als beunruhigt. Die Erde kam ihm gellend entgegen, als er die zweite Reißleine zog im sicheren Bewußtsein, daß er gleich am rettenden Notfallschirm herabschweben würde.

Aber der Ruck, mit dem der sich öffnende Fallschirm sein Gewicht auffangen sollte, blieb aus. „O Gott! Nein!"

Milton Ryces letzter bewußter Gedanke, als er zur Erde stürzte, war glühende Wut. Daß so etwas ihm passierte, konnte einfach nicht sein.

1

„Genau hier, Kommissarin Ashton“, sagte Inspektor Huffner. „Er ist mit zwei- bis dreihundert Stundenkilometern auf die Erde gestürzt, wurde mir gesagt.“ Sein Tonfall trauriger Zufriedenheit wiederholte sich im Ausdruck seines kantigen Gesichts.

Carol und Bourke musterten die beachtliche Delle im Boden der abgegrasten Weide. Es war ein herrlicher, stiller Sonntagnachmittag. Dicke weiße Wolken prangten am blauen Himmel. Über ihnen schrie ein Bussard.

„Sie waren als erster an der Absturzstelle und haben alles abgesperrt?“ fragte Carol.

Huffner runzelte die Stirn, offenbar überlegte er, ob Carol da eine heimliche Fangfrage stellte. „Ich traf gestern morgen um zehn Uhr vierzig hier ein, Kommissarin, etwa fünfzehn bis zwanzig Minuten nachdem es passiert ist. Ich kam, so schnell ich konnte, aber wir Bezirkspolizisten müssen ja weiter fahren, als ihr Stadtleute. Ich kam dem Notarztwagen um mindestens fünfundzwanzig Minuten zuvor. Sie brachten Mrs. Davy – im sechsten Monat schwanger mit Komplikationen – ins Krankenhaus, als der Anruf kam.“ Mit saurem Lächeln fügte er hinzu: „Als sie eintrafen, konnten sie nicht viel tun, außer zusammenpacken, was von ihm übrig war.“

„Sie haben gute Arbeit geleistet“, bemerkte Bourke.

„Das können Sie wohl sagen, Inspektor“, sagte Huffner, „obwohl sein Overall ihn gut zusammengehalten hat. Sonst hätte man ihn im Umkreis vom Boden kratzen müssen.“

„Ich sehe keine Spur von Körperflüssigkeiten“, sagte Bourke.

„Wie könnten Sie auch. Schauen Sie sich den Boden an. Es hat letzte Nacht geregnet. Den Regen hatten wir bitter nötig, aber er hat nichts genützt. Es hat so stark gegossen, daß alles abgelaufen ist, bevor es einsickern konnte."

„Und es gab keine Planen, um die Absturzstelle abzudecken?"

Huffners gleichmütiges Gesicht errötete bei Carols Frage. „Kein Grund zur Annahme, daß sein Tod verdächtig wäre. Ich meine, diese Gegend ist bei Fallschirmspringern beliebt. Ich habe schon genügend harte Landungen gesehen. Erst vor ein paar Monaten ist hier eine junge Frau umgekommen. Da hat man *Sie* nicht hergeschickt, oder?"

Carol empfand einen Anflug von Mitleid mit dem Bezirkspolizisten. Es gab für ihn keinen Grund, anzunehmen, Milton Ryce könnte durch etwas anderes als Versagen der Ausrüstung umgekommen sein.

Eine Routineuntersuchung des nationalen Fallschirmspringerverbands hatte ergeben, daß Ryces Fallschirmgepäck manipuliert worden war. Was wie ein Unfall aussah, erwies sich als vorsätzliche Tat, auch wenn noch zu klären war, ob es sich um Mord oder Selbstmord handelte.

Aus Huffners vierschrötiger Gestalt sprach trotziges Ressentiment. „Ich tu nur meine Pflicht. Wieso sollte ich annehmen, daß es sich nicht um einen Unfall handelt? Mr. Ryce ist ja ständig hier gesprungen. Nach dem Wahrscheinlichkeitsgesetz mußte schließlich mal was passieren."

Sein Ausdruck war plötzlich ganz konsterniert, als er an Carol und Bourke vorbeisah. „O Scheiße", fluchte er leise.

Neugierig, was seinen Unmut erregte, blickte Carol sich um. Ein knallrotes Cabrio hielt am Gatter. Eine junge Frau sprang aus dem Wagen, öffnete das Tor und marschierte auf sie zu.

„Wer ist das?" fragte Carol.

„Rae Ryce. Die Tochter."

Die junge Frau baute sich vor ihnen auf. Sie trug schwarze Jeans und ein scharlachrotes tief ausgeschnittenes Top. Ihr schwarzes Haar war zurückgegelt. Auf dem einen Nasenflügel prangte ein Brillantstecker, jedes Ohrläppchen zierte eine Reihe von Goldringen. Carol fand sie attraktiv, wenn sie nur ihr Gesicht nicht so finster verzogen hätte.

„Wo ist er abgestürzt?"

Huffner machte eine linkische Geste, vielleicht um sie zu trösten, zog aber seine Hand zurück, als sie ihn angewidert anstarrte. Er räusperte sich. „Rae, Sie sollten nicht hier sein."

„Ich will sehen, wo er gestorben ist." Und spöttisch fügte sie hinzu: „Das wird mein Schlußstrich sein."

Die Hände in die Hüften gestemmt, musterte sie den Boden. „Ist das die Stelle?" Ihre Stimme war so angespannt wie ihr Körper.

„Ja, Ms. Ryce", sagte Carol.

Rae Ryce blickte Carol und Bourke an. „Und wer sind Sie?" fragte sie.

„Kriminalbeamte aus Sydney", erklärte Huffner. „Hier gibt es nichts für Sie zu sehen, Rae. Sie sollten gehen."

Rae verzog den Mund. „Sie denken, ich sollte gehen, Inspektor Huffner?" Dann wandte sie sich Carol und Bourke zu: „Wer hat hier das Sagen?"

„Ich, Ms. Ryce. Kriminalkommissarin Carol Ashton. Und dies ist Kriminalinspektor Mark Bourke. Ich habe ein paar Fragen an Sie. Tut mir leid, daß es zu diesem traurigen Zeitpunkt geschieht."

„Trauriger Zeitpunkt?" Rae Ryce warf mit schrillem Lachen den Kopf zurück. „Ich bin froh, daß der Scheißkerl tot ist."

Schockiert rief Huffner: „Das meinen Sie doch gar nicht so! Sie sind außer sich."

Sie bedachte ihn mit einem so feindseligen Blick, daß er zwinkern mußte. „Ich weiß genau, was ich meine. Sie brauchen mir nichts zu sagen."

Die merkliche Spannung zwischen den beiden interessierte Carol. „Ich nehme an, Sie kennen sich gut."

Rae verzog verächtlich die Lippen. „Huffner ist Vaters rechte Hand. Fragen Sie ihn. Er wird Ihnen erzählen, was für tolle Kumpels sie sind."

„Ms. Ryce", sagte Carol bestimmt. „Ich glaube, Sie sollten wissen, daß der Tod Ihres Vaters womöglich kein Unfall war. Wir sind hier, um die Umstände zu untersuchen. Ich würde Ihre Kooperation sehr begrüßen."

Rae sah sie verdutzt an. „Kein Unfall? Sie glauben, jemand hat ihn umgebracht?"

„Das ist eine Möglichkeit. Selbstmord ist die andere", erklärte Bourke.

„Mein Gott!" Sie preßte die Hand auf den Mund. „Sind Sie sicher, daß es kein Unfall war?"

Die junge Frau wirkte aufrichtig geschockt, aber Carol hatte schon zu oft oskarreife Vorstellungen von Verdächtigen erlebt. So sagte sie rasch: „Im Moment steht noch gar nichts fest. Deshalb müssen wir mit Ihnen reden."

Rae Ryce schüttelte heftig den Kopf. „Auf gar keinen Fall. Ich kann jetzt keine Fragen beantworten. Später vielleicht..."

„Wir müssen mit Ihnen reden, Ms. Ryce. Wann wäre es Ihnen recht? Kehren Sie heute nach Sydney zurück?"

Rae schlug sich einen Moment die Hände vors Gesicht, dann blickte sie auf. Sie schien um Fassung zu ringen. „Ich bin in Ryce Hall", sagte sie. „Dort können Sie mich sprechen, später am Nachmittag."

Carol sah ihr nach, als sie zum Wagen eilte, ihr erst so selbstsicherer Schritt war jetzt eher ein Flüchten.

„Woher kennen Sie Rae Ryce?" fragte Bourke Huffner.

Der Polizist zog seine breiten Schultern hoch. „Sie wissen doch, wie das ist", sagte er. „Die jungen Leute fahren zu schnell oder machen sonst schon mal Unfug – im Überschwang..." Er hielt inne, offenbar erwartete er ihr verständnisvolles Nicken. Als das ausblieb, fuhr er fort: „Tatsache ist, daß Raes Vater mich gebeten hat, ein Auge auf sie zu haben. Damit sie keinen Unsinn macht." Er trat unbehaglich von einem Fuß auf den anderen. „Nichts, was ich nicht auch für andere Eltern täte, verstehen Sie."

Carol bemerkte Bourkes skeptischen Blick. Sie dachten beide das gleiche: Inspektor Huffner hatte etwas zu verbergen. Vielleicht hatte er wirklich nur eine kleine Fehlleistung Raes oder eines anderen Familienmitglieds ignoriert, aber es könnte sich lohnen, das herauszufinden.

Hastig wechselte Huffner das Thema: „Kommissarin, Sie haben meinen ausführlichen Bericht – ich habe mir die halbe Nacht mit dem Schreiben um die Ohren geschlagen –, aber Sie wollen vermutlich, daß ich Ihnen noch einmal schildere, was ich vorgefunden habe, als ich gestern hier eintraf."

„Das wäre hilfreich."

„Also dann." Er drehte sich um und zeigte zum Gatter. „Ich bekam den Anruf und fuhr sofort hierher. Ich parkte an der gleichen Stelle wie jetzt. Hier auf der Weide, direkt hinter dem Gatter, standen zwei Geländewagen, beides Land Rover, neuestes Modell. In dem einen sitzt eine Frau auf dem Vordersitz und schluchzt sich das Herz aus dem Leib. Später finde ich heraus, das es Kymberly Watson ist. Ich kriege kein Wort aus ihr raus. Sie ist völlig außer sich, und kurz darauf kommt ihr Arzt und bringt sie weg."

Nach einem Blick in den Bericht fragte Carol: „War das Dr. Edmundson?"

„Ja, Gilbert Edmundson. Er gibt mir seine Karte. Ist nicht von hier. Hab ihn nie vorher gesehen."

Carol kannte den Namen. Dr. Gilbert Edmundson leitete in Sydney eine Suchtklinik namens „Inner Grace", deren Klientel vor allem aus Berühmten und Reichen bestand.

„Und Dr. Edmundson sprach auch mit Milton Ryces Sohn?"

„Wenn Sie alles schon wissen, wieso erzähle ich es Ihnen dann noch einmal?“ fragte Huffner sichtlich verärgert.

„Ich weiß, daß das lästig ist“, erklärte Carol mitfühlend, „aber schildern Sie uns trotzdem alles von Anfang an.“

Er seufzte tief, dann sagte er bereitwillig: „Nun gut, gehen wir zum Gatter und fangen da an.“

Während sie der stämmigen Gestalt des Inspektors folgten, flüsterte Bourke Carol zu: „Du bist der blonde Charme in Person. Der arme Kerl ist Wachs in deinen Händen.“

Carol grinste. „Alles ist endlich, Mark. Ich muß meinen blonden Charme ausnutzen, solange ich ihn noch habe.“

Huffner hielt am Tor. „Hier saß die Frau namens Watson in dem Land Rover. Ted Ryce, der Sohn, kam zu mir und sagte: ‚Es hat einen schrecklichen Unfall gegeben.‘“

„Wirkte Kymberly Watson ehrlich aufgelöst?“ erkundigte sich Bourke.

„Sie war völlig aus dem Häuschen, heulte und jammerte. Könnte auch bloß Show gewesen sein, denke ich.“

„Und Ted Ryce?“

„Der weinte nicht, wenn Sie das meinen, aber er sah sehr mitgenommen aus. Genau in diesem Moment taucht Dr. Edmundson auf, nach einem raschen Blick auf Ms. Watson kommt er zu mir und gibt mir seine Karte. Er sagt, die Frau sei zu durcheinander, um eine Aussage zu machen, und er nehme sie mit zur Behandlung.“

„Sie hatten nichts dagegen?“

„Warum sollte ich, Kommissarin? Ich hätte doch ohnehin nichts aus ihr herausgebracht in dieser Verfassung.“

„Und dann?“ drängte Bourke.

Abrupt wandte sich Huffner um und marschierte zurück zur Absturzstelle von Ryce. „Ich sage zu Ted, zeig’s mir, und er führt mich hierher. Er hat die Kamera über der Schulter – den neuesten Camcorder –, und ich frage ihn, ob er alles aufgenommen hat, da wird er noch bleicher und sagt ja.“

„Sie haben die Kamera beschlagnahmt?"

Huffners Gesicht verfinsterte sich. „Wieso sollte ich?"

„Für den Untersuchungsrichter", erklärte Carol freundlich. „Sie wußten, daß eine Untersuchung des Todes von Ryce erfolgen würde, Unfall oder nicht."

„Ich habe Ted gesagt, er soll dafür sorgen, daß alles drauf bleibt." Offensichtlich hielt Huffner es für nötig, sich weiter zu rechtfertigen: „Und was war da groß zu sehen? Jemand, der vom Himmel fällt? Ich weiß nicht, warum Sie sich auf das konzentrieren, was hier unten geschah. Das, was da oben passiert ist, hat ihn umgebracht."

„Jemand, der den Sprung beobachtet hat, könnte dafür verantwortlich sein", sagte Bourke.

Huffner dachte darüber nach. „Gott, das wäre kaltblütig", sagte er. „Verdammt kaltblütig. Zuzusehen, wie jemand aus dem Flugzeug springt, und genau zu wissen, daß er in wenigen Augenblicken auf die Erde knallt."

„In Ihrem Bericht erwähnen Sie zwei andere Zeugen, Verity Stuart und Ian McNamara."

„Ja, die beiden anderen Fallschirmspringer." Er lächelte Carol ganz plötzlich an. „Deren Landung war erfolgreicher als die von Ryce, würde ich sagen."

Er zeigte auf eine Stelle kurz hinter der Aufpralldelle und fuhr fort: „Verity Stuart kniete ein paar Meter weiter am Boden. Sie hatte einen rotblauen Anzug an, und ihr orangefarbenes Fallschirmbündel lag neben ihr. Sie war in übler Verfassung, hatte ringsum alles vollgekotzt. Konnte kein vernünftiges Wort aus ihr rauskriegen, nur daß *ihr* Hauptfallschirm nicht aufgegangen ist, deshalb wandte ich mich an McNamara. Er schien bei dem Leichnam Totenwache zu halten. Sein Kopf war gesenkt, und er betete, glaubte ich."

Daß ein weiterer Fallschirm nicht funktioniert hatte, war Carol neu. „Verity Stuart hatte ein Problem mit ihrem Fallschirm? Das haben Sie gar nicht erwähnt."

Huffner reckte das Kinn vor. „Hab' nicht daran gedacht. Hatte genug zu tun mit dem Todesfall, oder? Mußte alles zusammensuchen, was die Ausrüstung von Ryce betraf. Ich hatte meine Digitalkamera dabei, so fotografierte ich erst mal." Er bedachte Carol mit einem Wehe-du-kritisierst-mich-Blick. „Ich wußte, das waren Beweisstücke für die Untersuchung, und der Fallschirmspringerverband würde die bestimmt auch gern sehen wollen."

„Was ist mit Verity Stuarts Fallschirm geschehen?" wollte Bourke wissen.

Huffner verzog das Gesicht. „Keine Ahnung."

Das irritierte Carol. „Finden Sie ihn, Inspektor, die Sache hat Vorrang."

Er schien etwas einwenden zu wollen, sagte dann aber: „Wenn ich's mir überlege, Kommissarin, glaube ich fast, der andere Typ, McNamara hat ihn zusammengepackt und mit seinem eigenen Fallschirm verladen. Ich glaube, ich hab' gesehen, wie er sie beide in dem einen Land Rover verstaut hat. Dann ist sie eingestiegen, und sie sind weggefahren."

„Das gesamte an diesem Tag benutzte Fallschirmgepäck muß untersucht werden. Sobald wir hier fertig sind, Inspektor, erwarte ich, daß Sie herausfinden, wo Ms. Stuarts und Mr. McNamaras Fallschirme abgeblieben sind."

Bei Carols scharfem Ton nickte Huffner verblüfft. „Sofort, Kommissarin."

„Was für einen Eindruck hatten Sie von McNamara?" Im Gegensatz zu Carols harschem Ton klang Bourke zuckersüß.

Sichtlich erleichtert, das leidige Thema der fehlenden Fallschirme los zu sein, erklärte Huffner: „McNamara erschien mir wie einer dieser eisern kontrollierten Typen, die nie in Panik geraten, Sie wissen, was ich meine? Er war es, der den Unfall gemeldet hat. Gab bloß die Stelle durch und was passiert ist. Kein einziges OmeinGott und so. Das gleiche, als ich persönlich mit ihm gesprochen habe – eiskalt, wirklich."

„Und was hat er Ihnen gesagt?“

„Nicht viel. Daß er als erster aus dem Flugzeug gesprungen ist, eine halbe Minute im freien Fall oder so, dann zog er die Reißleine und schwebte herunter, punktgenaue Landung. Dann schaute er hoch und sah, daß ein Fallschirm sich nicht geöffnet hatte. Gleich darauf schlug Ryce auf der Erde auf. Natürlich war er auf der Stelle tot. Dann landete die Frau, die andere Fallschirmspringerin.“

„Er hat nichts von einem Zusammenstoß in der Luft zwischen den Springern erwähnt oder sonst etwas Ungewöhnliches?“ fragte Carol.

„Davon hat er nichts gesagt, aber ich hatte auch nicht viel Zeit zum Fragen“, antwortete Huffner. „Genau in dem Moment traf der Notarztwagen ein, gefolgt vom örtlichen Vertreter des Fallschirmspringerverbandes. Ich hab die Zeugen aus dem Weg geschafft und ihre Personalien aufgenommen.“

Seit gestern spätnachmittag lernte Carol im Schnellkurs die Begriffe des Fallschirmspringens und wußte inzwischen, daß die für diesen Sport zuständige Organisation der Australische Fallschirmspringerverband war. Sie hatte mit Randall Schumacher vom Verband telefoniert und sich informieren lassen, daß die zivile Luftfahrtbehörde Sicherheitsregeln für das Fallschirmspringen erlassen hatte. Die Regeln betrafen vor allem Kriterien der Standardausrüstung. Danach bestand die Pflicht, sämtliche Reservefallschirme alle sechs Monate von einem vom Verband autorisierten Packer oder Mechaniker überprüfen und neu packen zu lassen.

„Ich möchte denjenigen vom Verband sprechen, der das Gepäck von Ryce untersucht hat“, verlangte Carol.

„Wie Sie wollen. Er wird Ihnen auch nicht mehr sagen können“, antwortete Huffner.

„Und dann müssen wir sämtliche Zeuginnen und Zeugen befragen, die hier anwesend waren.“

„Ja, gut.“ Huffner sah nervös auf seine Uhr, dann in Richtung seines Autos, als könne er nicht erwarten, wegzukommen.

„Halten wir Sie von etwas ab, Inspektor?“ fragte Carol.

„Sehen Sie, Kommissarin, ich habe momentan eine Menge zu tun. Unser Revier in Hash's Creek ist nicht gerade überbesetzt, wissen Sie. Wir müssen sehen, wie wir klarkommen. Und an Hilfe von außerhalb sind wir nicht gewöhnt.“

Was Carol so auslegte, daß Huffner sowieso fand, die Stadtpolizei mache sich einen fröhlichen Lenz, und es ihn deshalb ärgerte, daß Carol und Bourke einfach hereinspazierten und den Fall übernahmen.

„Sie haben keine Zeugenaussagen zu Protokoll genommen?“ fragte Bourke.

„Ich schätze, das ist jetzt Ihnen überlassen“, sagte Huffner trotzig und gekränkt. „Ich habe Notizen gemacht. Ausführliche Notizen. Es war mir klar, daß die Zeugen zu betroffen waren von dem, was passiert ist, und nicht in der Verfassung, eine korrekte Aussage zu machen. Außerdem hatten die Medien Wind bekommen. Während ich hier die Personalien aufnahm, rief mich mein Kollege an, Wachtmeister Whistler, um zu sagen, daß das Reviertelefon pausenlos klingelte und Reporter ihn mit Fragen bombardierten.“

Carol wußte aus Erfahrung, daß sich die Medien wie blutrünstige Haie auf einen stürzten und eine regelrechte Raserei auslösen konnten. „Wer hat sie mobilisiert?“

„Ich bestimmt nicht.“ Huffner grunzte angewidert. „Sie überfielen uns wie Fliegen vergammelndes Fleisch. Whistler hatte kaum aufgelegt, als die ersten Helikopter auftauchten. Ich wußte, es war nur eine Frage der Zeit, bis die verdammten Reporter hier anrückten, deshalb sagte ich allen, sie sollten abfahren, ich würde sie später kontaktieren.“

„Haben Sie der Presse irgendeine Erklärung gegeben?“

„Ich? Ich bin doch bloß ein gewöhnlicher Provinzbulle. Ich weiß, wann ich meinen Mund zu halten habe.“ Sein

Ärger wuchs zusehends. „Wir hier auf dem Land sind ja nicht blöd, wissen Sie. Es war klar, daß man Verbindungen spielen lassen und uns jemanden vor die Nase setzen würde."

„Und nun haben Sie uns", bemerkte Bourke fröhlich.

„Ja", sagte Huffner wenig begeistert. „Sie beide."

2

Hash's Creek war drei Autostunden von Sydney entfernt, aber Carol kam es viel weiter vor. Auf der Karte war der Ort ein winziger schwarzer Punkt in der Wildnis, weit abseits der roten Bänder der Hauptrouten.

Später am Morgen, als sie und Bourke Hash's Creek erreichten, entpuppte sich der schwarze Punkt als durchschnittlicher Ort mit zwei Gasthäusern und drei Kirchen. Die breite Hauptstraße hatte beiderseits Parkstreifen und bot sehr viel mehr Platz, als für den spärlichen Sonntagsverkehr nötig schien. Es gab ein heruntergekommenes Kaufhaus, ein tristes kleines Restaurant, das dringend renoviert werden mußte, einen Fisch & Chips-Imbiß in Regenbogenfarben und eine winzige Autowerkstatt mit drei Tanksäulen davor, die wie Antiquitäten aussahen.

Auch wenn die beiden Gasthäuser fast identisch wirkten, zweistöckige Holzhäuser mit Veranden auf beiden Etagen, die von geschnitzten Holzgeländern umgeben waren, trug nur das eine – mit dem einfallsreichen Namen Hash's Creek Hotel –, in dem Carol und Bourke sich eingemietet hatten, eine Plakette mit dem Hinweis, daß das Gebäude als historisch wertvoll unter Denkmalschutz stand.

Nachdem sie sich einquartiert und ihr spärliches Gepäck in ihren Zimmern verstaut hatten, waren sie zum Polizeirevier gegangen, wo sie mit dem Leiter des Reviers, Inspektor Huffner verabredet waren. Das Revier lag hinter dem ziemlich prächtigen Rathaus aus rotem Backstein mit Stuckfassade und reichverziertem Uhrentürmchen. Die Zeit war auf punkt Zwölf stehengeblieben, so daß sie pro Tag zweimal stimmte, mittags und zur Mitternacht.

Die Polizei von New South Wales hatte die ländlichen Gebiete in Bezirke unterteilt. Inspektor Huffner und Wachtmeister Whistler waren zwar einem Präsidium unterstellt, aber relativ autonom, und es wurde von ihnen erwartet, daß sie die meisten Delikte ohne fremde Hilfe meisterten.

Der Tod von Milton Ryce war eine ganz spezielle Ausnahme von der Regel. Trotz Wochenende hatte man bei der Nachricht am Samstag in Sydney spekuliert, der Tod des Geschäftsmanns könnte vielleicht doch kein Unfall gewesen sein, was in politischen und gesellschaftlichen Kreisen einigen Wirbel erzeugte. Carol war von einem Cricketmatch ihres Sohnes, der in der Schulmannschaft spielte, ins Büro des Polizeichefs beordert worden, wo sie den Auftrag erhielt, nach Hash's Creek zu fahren und „der Sache auf den Grund zu gehen, so schnell Sie können".

Carol hatte den Eindruck, daß einige wichtige Personen Leichen im Keller hatten, die besser nicht ans Tageslicht kämen. Sie hatte die üblichen Fragen gestellt in der Hoffnung auf Informationen, aber nur einen Haufen Allgemeinplätze erhalten und die Versicherung, daß man ihr die Untersuchung übertragen habe, weil sie so gut mit den Medien umgehen und bei Prominentenfällen befriedigende Lösungen vorweisen könne.

Über diese Lobhudelei hatten sie und Bourke sich am Sonntagmorgen auf der Fahrt nach Hash's Creek lustig gemacht. „Befriedigende Lösungen", hatte sich Bourke mokiert, „bedeutet, daß der politische Schaden begrenzt und die gefräßige Medienmeute abgelenkt worden ist."

„Du wirst ganz schön zynisch", hatte Carol mit gespielter Entrüstung geantwortet. „Wo ist der sonnige, kläräugige Cop, den ich mal gekannt habe?"

„Er denkt an eine Bewerbung. Du hast mich drauf gebracht."

Erfreut hatte sie geantwortet: „Mark, das ist wunderbar. Du weißt, daß ich alles tun werde, um dir zu helfen."

„Apropos – Anne arbeitet hart auf ihren Inspektor hin."

Vor ihrem geistigen Auge sah Carol das intelligente, lebendige Gesicht Anne Newsomes. Die junge Kriminalwachtmeisterin war eine der vielversprechendsten Kriminalistinnen, die Carol in ihrer Laufbahn untergekommen waren. „Das ist eine gute Nachricht. Anne kann es weit bringen."

„Weißt du eigentlich, daß sie einem Fallschirmspringerclub angehört?"

„Ach, wirklich? Das hat sie nie erwähnt."

„Sie hat mir erst letzte Woche davon erzählt. Du weißt ja, wie sportbegeistert sie ist. Fallschirmspringen ist ihre neue Leidenschaft." Bourke grinste Carol an. „Vielleicht hat es mit ihrem neuen Freund zu tun. Er ist da sehr engagiert."

Danach hatten sie eine Weile über Personalpolitik und ihre Abteilung geredet, dann schwiegen sie. Da Bourke fuhr, konnte sich Carol zurücklehnen und die Landschaft genießen. Jahrelange Trockenheit hatte das Land ausgedörrt, dennoch besaß es eine zähe hartnäckige Schönheit. Braunes Gras wuchs auf den Weiden. Das Graugrün der Eukalyptusbäume bedeckte die Hügel. Gelegentliche Streifen von Grün deuteten auf Flußbetten hin. Der blaue Himmel reichte bis zum Horizont.

Carol wurde es ungewöhnlich schwermütig ums Herz, eine Stimmung, die Bourke abrupt unterbrach, indem er fragte: „Leota ist abgereist, nicht wahr?"

„Ja. Vergangene Woche."

Er sah sie aus den Augenwinkeln an. „Bedauern?"

Sie starrte auf die Straße vor ihnen. „Das ist kein Diskussionsthema."

„Okay."

Als sie zu ihm hinübersah, war sein sonst so offenes Gesicht verschlossen. Es tat ihr leid. Er war mehr als nur ein Kollege. Und er hatte sie als Freund gefragt, nicht aus Neugier. Er und Pat, seine Frau, hatten Leota einige Male getroffen. Bourke hatte sich gut mit der FBI-Agentin verstanden, sie hatten sich sogar Geschichten aus ihrer Arbeit erzählt.

Auch wenn sie nie darüber gesprochen hatten, wußte Carol, daß er ahnte, wie tief ihre Gefühle für Leota waren. Als Leota, die als Expertin für Terrorismusbekämpfung sich nach Australien hatte versetzen lassen, Carol mitteilte, daß sie in die Staaten zurückbeordert worden war, hatte sie sie gebeten, mit ihr zu kommen.

Carol hatte sich hin und her gerissen gefühlt: Einerseits waren da ihr Heimatland und ihre berufliche Karriere, andererseits Leota und all die Wärme und Liebe, die sie in ihre wachsende Beziehung einbrachte. Es war eine schwere Entscheidung, und Carol war sich durchaus nicht sicher, ob ihr Entschluß, nicht mitzugehen, endgültig war. Leotas Worte beim Abschied klangen Carol noch in den Ohren: „Liebste, es ist nicht vorbei. Glaub ja nicht, daß es das ist."

Damit war es für den Rest der Fahrt um die friedliche, entspannte Atmosphäre geschehen. Sie und Bourke redeten kaum, und als sie schließlich das Schild erreichten, auf dem in wenigen Kilometern Hash's Creek angekündigt wurde, sagte sie: „Mark, es tut mir leid. Es ist für mich noch zu früh, darüber zu reden. Ich hoffe, du verstehst das."

„Ich hätte nicht aufdringlich werden dürfen."

„Das ist es nicht. Ich habe über Leota noch nicht mal richtig mit Tante Sarah gesprochen, und sie ist sehr viel aufdringlicher, als du je sein kannst."

Bourke hatte gegrinst. „Wie wahr. Ich glaube, du bist die

einzige, die deiner Tante widerstehen kann. Sogar der KGB würde vor Neid erblassen."

★★★

Milton Ryce besaß ein Anwesen in Turramurra, einem der noblen Vororte im Norden Sydneys. Außerdem gehörte ihm ein Landsitz außerhalb von Hash's Creek, Ryce Hall genannt. Ehe sie den Ort seines Todes verließen, hatte Inspektor Huffner eine Landkarte aus seinem Handschuhfach geholt und ihnen die Route nach Ryce Hall eingezeichnet.

Rae Ryce hatte gesagt, sie würde dort sein. Huffner bemerkte, daß sie wahrscheinlich auch ihren Bruder dort anträfen. Außerdem riet er ihnen, sich mit Neville Bendix zu unterhalten, dem Piloten von Ryce, der das Flugzeug geflogen hatte, als die Tragödie passierte.

Bevor sie Sydney verließen, hatte Bourke einige Recherchen über die Familie Ryce angestellt. Während sie nun nach Huffners Karte zum Landhaus fuhren, informierte er Carol darüber.

„Milton Ryce war zum dritten Mal verheiratet. Seine erste Frau, Marion, ist die Mutter der beiden Kinder, Ted und Rae. Sie sind Zwillinge. Die Ehe war ziemlich zerrüttet, aber bevor Marion sich von ihm scheiden lassen konnte, starb sie bei einem Autounfall."

„Ist daran irgendwas verdächtig, Mark?"

Er schüttelte den Kopf. „Ein ganz gewöhnlicher Unfall. In einer Kurve verlor sie die Kontrolle, und das war's. Ryce hat nicht lange getrauert – schon nach ein paar Monaten heiratete er eine gewisse Tiffany Maxwell. Die Ehe dauerte drei Jahre. Die Scheidung war eine bittere Sache, denn es gab einen vorehelichen Vertrag, der Tiffany in diesem Fall ziemlich leer ausgehen ließ. Sechs Monate später heiratete er seine jetzige Frau, Deanna Lustgarten. Man munkelt, daß sie sich ebenfalls von ihm scheiden lassen wollte, der defekte Fallschirm hat ihr die Mühe erspart."

Als Bourke in den Kiesweg zu Ryce Hall bog, klingelte Carols Mobiltelefon. Es war Huffner mit der Nachricht, er habe die Fallschirme von Verity Stuart und Ian McNamara aufgespürt. „Ich habe gerade mit McNamara gesprochen. Er und diese Stuart sind gestern abend nach Sydney zurückgefahren, nachdem sie ihre Fallschirme in den Hangar auf Ryces Privatflugplatz gebracht haben."

Carol gab die Information an Bourke weiter, während sie auf das Haus zufuhren. Wider Erwarten war das Ryce'sche Landhaus ziemlich bescheiden. Ein gewöhnlicher Viehzaun an der Einfahrt, ein paar zwischen Eisenpfosten gespannte Stacheldrähte, daran hing ein Pappschild mit der sauber gedruckten Aufschrift: KEINE INTERVIEWS. KEINE ERKLÄRUNGEN. UNBEFUGTES BETRETEN WIRD ANGEZEIGT.

Das Haus war ein langes flaches Gebäude, umgeben von einheimischen Bäumen. Die Holzwände in mattem Braun paßten vollkommen in die Landschaft.

Carol hatte sich telefonisch angekündigt und mit einem Mann gesprochen, dessen kühle Stimme einen englischen Akzent hatte, er hatte sich als Freund der Familie vorgestellt. „Larry Frobisher, Kommissarin Ashton. Sie möchten vermutlich einen Termin mit Ted arrangieren. Ja?"

Frobisher persönlich öffnete die Tür und stellte sich vor. Er war ein zierlicher Mann mit winzigen Händen und Füßen und einer dichten Haartolle, wodurch sein Kopf für seinen Körper zu groß wirkte. Als er zu Carol hochsah, bleckte er beim Lächeln seine kleinen scharfen Zähne. Er sah aus wie englischer Landadel, fand Carol: maßgeschneiderte Hose, feines Leinenhemd, am Hals geöffnet, und ein Tweedjackett mit Lederflecken an den Ellbogen.

Als Carol ihren Ausweis zückte, winkte er ab. „Sie sind berühmt, Kommissarin Ashton, deshalb habe ich Sie sofort erkannt." Er betrachtete Bourke interessiert. „Aber ich fürchte, ich weiß nicht..."

„Kriminalinspektor Mark Bourke", stellte Carol vor.

Frobisher trat beiseite und bat sie herein. Er führte sie zu einem Salon voller bequemer Polstermöbel. Der Raum sah aus, als spiele sich hier das Leben ab. Draußen war es heiß, aber die Klimaanlage kühlte das Zimmer, und ein Holzfeuer brannte im Kamin. Auf dem Kaminsims standen Familienfotos. Nach einem raschen Blick hatte Carol den Eindruck, als sei fast ausschließlich Milton Ryce darauf zu sehen.

Der Unternehmer hatte eine gertenschlanke Figur, ein asketisches Gesicht und eine aggressive Haltung. Auf den meisten Fotos war sein Kopf provokant vorgereckt.

Sobald sie Platz genommen hatten, sagte Frobisher zu Carol: „Es heißt, daß Sie demnächst zur Hauptkommissarin befördert werden. Vielleicht darf ich Ihnen als erster zu dieser verdienten Beförderung gratulieren."

„Darf ich fragen, woher Sie diese Information haben?"

„Ich habe meine Quellen, Kommissarin." Selbstgefällig wiederholte er: „Ich habe meine Quellen."

„Larry Frobisher?" warf Bourke ein. „Bedeutet das Lawrence Frobisher?"

Der kleine Mann neigte andeutungsweise den Kopf. „Das bedeutet es. Für meine Freunde bin ich natürlich Larry."

„Sie betreiben diese Online-Klatschkolumne – den Larry Frobisher-Report."

Frobishers Gesicht verfinsterte sich. Er wandte sich an Carol: „Darf ich Sie darauf hinweisen, daß Ihr Inspektor unbedachte Worte wählt. Sehr unbedacht. Der Frobisher-Report ist eine Online-Kolumne analog zu den Kommentaren, wie man sie in renommierten Zeitschriften findet." Er warf Bourke einen vernichtenden Blick zu. „Es ist wahr, daß ich einen gewissen Ruf habe, hauptsächlich wegen der Richtigkeit der Informationen, die ich veröffentliche, dennoch ist der Frobisher-Report keine Klatschkolumne und wird es auch nie sein, sondern ein sehr substantieller journalistischer Beitrag."

„Da hast du's wieder, Larry", sagte eine spöttische Stimme von der Tür her. „Deine Spalte ist erfolgreich, weil sie die Sensationslust anstachelt. Na los, gib's zu."

Frobisher sprang auf. „Darf ich Ihnen Theodore Ryce vorstellen, allgemein Ted genannt."

Ted Ryce, schlaksig und linkisch, latschte ins Zimmer. Er trug schmuddelige Jeans und ein angegrautes weißes T-Shirt. Äußerlich kam er nach seinem Vater, aber dessen kantige Züge waren bei Ted sehr viel weicher, runder. Sein Haar war länger, trotzdem war die Ähnlichkeit mit seinem Vater nicht zu übersehen.

Carol erhob sich, um dem jungen Mann die Hand zu schütteln, während Frobisher erklärte: „Ted, diese blonde Schönheit ist Polizeibeamtin, ob du's glaubst oder nicht, nämlich Kriminalkommissarin Carol Ashton."

Bourke, von Frobisher ignoriert, stellte sich selbst vor.

„Ich lasse dich jetzt allein", sagte Frobisher. „Ruf mich, wenn du mich brauchst."

„Ich brauche dich nicht." Ted Ryce warf sich in den nächsten Sessel, schwang ein Bein über die Lehne und ließ den Fuß im aufgeschnürten Joggingschuh pendeln.

„Unser Beileid", sagte Carol.

Ted blickte sie nicht an. „Der hiesige Polizist weiß alles über den Unfall", sagte er gedehnt. „Nichts, was ich dem hinzufügen könnte. Mein Vater fiel einfach wie ein Stein vom Himmel. Ende der Geschichte."

„Ich fürchte, daß mehr an der Sache ist."

Ted Ryce warf den Kopf hoch. „Was soll das heißen?"

„Haben Sie mit Ihrer Schwester gesprochen?" fragte Carol.

„Rae? Nein. Sie ist am Freitagabend nach einem kleinen Streit mit Dad nach Sydney zurückgefahren. Ich habe sie noch nicht auf ihrem Handy erreichen können. Womöglich weiß sie noch gar nicht, daß Dad tot ist."

„Sie weiß es", erklärte Bourke. „Ihre Schwester war heute nachmittag mit uns zusammen an der Absturzstelle. Die Möglichkeit, daß der Tod Ihres Vaters kein Unfall gewesen ist, hat sie offensichtlich sehr mitgenommen. Als sie wegfuhr, sagte sie, sie führe hierher."

Ted lächelte überraschend süß. „Ich habe sie nicht gesehen, aber das ist typisch Rae", sagte er nachsichtig. „Sie ändert ständig ihre Meinung."

„Worum ging es bei dem kleinen Streit am Freitagabend?" fragte Carol.

Ted zuckte die Achseln. „Um nichts Ernstes. Immer das gleiche, immer das gleiche. Rae und Dad haben sich überhaupt nicht verstanden. Noch nie."

„Wir müssen Ihre Schwester unbedingt sprechen", erklärte Carol. „Es ist erforderlich daß wir mit allen sprechen, die Ihrem Vater nahestanden."

Ted starrte sie an, dann wandte er den Blick ab. „Hab' eine wilde Geschichte gehört, daß Dads Fallschirm manipuliert worden sei. Glauben Sie das nicht. Dad war äußerst penibel. Hat vor jedem Sprung seine Ausrüstung überprüft."

„Wer hat Ihnen von der möglichen Manipulation erzählt?"

„Buschtrommeln. In Hash's Creek kann niemand etwas lange für sich behalten." Er verzog den Mund. „Ich schätze, das heißt, die verdammten Reporter rücken wieder an."

„Was glauben Sie, was passiert ist?" fragte Bourke und schlug sein Notizbuch auf.

„Irgendeine verrückte Sache. Da macht man über tausend Sprünge, und einmal, nur einmal, geht irgendwas schief. So ist das nun mal."

Carol beobachtete den hingelümmelten jungen Mann sehr genau. Er wirkte völlig entspannt, auch wenn er rhythmisch mit dem Fuß wippte. Wenn er trauerte, verbarg er das gut. Die Abwesenheit von Trauer bedeutete an sich noch gar nichts. Carol wußte aus langer Erfahrung, daß jeder Mensch anders mit Trauer umging.

Sie blickte Bourke an, der fortfuhr: „Sind Sie auch Fallschirmspringer, Mr. Ryce?“

„Ja. Ich bin fast so begeistert wie Dad.“

„Aber gestern waren Sie nicht mit im Flugzeug.“

„Ich war für den Bodentransport zuständig.“

Bei seinem ironischen Ton lächelte Bourke mitfühlend. „Ziemlich langweilig, was?“

Ted zuckte die Schultern, dann gähnte er heftig. „Ich habe gestern nacht nicht viel geschlafen. Warum, werden Sie sicher verstehen. Es wäre mir lieb, wenn wir es kurz machen.“ Er stellte die Füße auf den Boden. Offensichtlich im Begriff aufzustehen, erklärte er: „Im Grunde kann ich Ihnen nichts sagen, was Sie nicht schon wissen.“

Carol sagte: „Wenn der Tod Ihres Vaters kein Unfall war –“

„– war es Mord oder Selbstmord“, ergänzte er nüchtern.

„Das sind wohl die Alternativen.“

„Selbstmord ist abwegig“, sagte Ted Ryce im Brustton der Überzeugung. „Dad hätte sich niemals umgebracht – unter gar keinen Umständen.“

„Wer hätte es auf ihn abgesehen haben können?“

Ryce stieß ein ungläubiges Lachen aus. „Sie wollen mich verarschen, oder? Mein Vater konnte ein echtes Arschloch sein. Die meisten Leute haben ihn gehaßt.“

„Sie auch?“ fragte Bourke.

Mit grimmigem Lächeln erklärte Ted: „Ich war so ungefähr die einzige Ausnahme. Wir sind miteinander durchs Feuer gegangen. Fragen Sie meine Stiefmutter. Sie wird Ihnen sagen, daß ich nach dem alten Knaben komme. Dad konnte sich in mir wiedersehen, und das gefiel ihm.“

Carol zog die Augenbrauen hoch. „Heißt das, Sie treiben Ihre Späße mit anderen Leuten, Mr. Ryce?“

„Mit Begeisterung. Seit meiner Kindheit macht es mir Spaß, Leuten einen Streich zu spielen."

Carols Gesicht war ausdruckslos. Derartige Späße hatte sie immer gehaßt. Milton Ryce trieb sie auf die Spitze, er hatte das Geld und die Zeit, ausgeklügelte Streiche zu konstruieren, um Leute zu demütigen und in peinliche Situationen zu bringen. Zumindest in einem Fall war er indirekt für schwere Verletzungen verantwortlich gewesen, als er sich einen Streich mit einem falschen Wunderheiler erlaubt hatte.

Bei einer groß angekündigten Veranstaltung hatte der Wunderheiler blinden Kindern die Hand aufgelegt, worauf sie jubelten, sie könnten sehen, und lahme Menschen erhoben sich an seinen Händen aus ihren Rollstühlen und konnten gehen. Daraufhin gab es einen Sturm auf die Bühne, bei dem etliche Leute aus dem Publikum verletzt wurden. Als später die Wahrheit herauskam, lehnte Milton Ryce jede Verantwortung für die bei dem Ansturm Verletzten ab und sagte, sie seien Opfer ihrer Leichtgläubigkeit geworden.

Ryce hatte sich stets viel Mühe gemacht, seine Heldentaten auf Film zu dokumentieren und herumzuzeigen. Und er hatte nicht nur Unbekannten Streiche gespielt, sondern auch Größen aus Sport und Gesellschaft oder Managern, mit denen er Tag für Tag geschäftlich zu tun hatte.

Die Anzeigen gegen Ryce blieben meist erfolglos, da er sich die besten Anwälte leisten konnte. Im Lauf der Zeit galt Ryce allgemein als öffentliches Ärgernis, man knöpfte ihm verschiedentlich Bußgelder wegen Gefährdung der öffentlichen Ordnung ab. Doch das tat seiner Lust an Späßen und extravaganten Streichen keinen Abbruch.

„Könnte es sich hier um einen Streich handeln, der schiefgelaufen ist?" fragte Carol.

Ted schüttelte heftig den Kopf. „Dad spielte anderen Streiche. Er war viel zu schlau, als daß man ihm einen Streich hätte spielen können."

„Wir haben gehört, daß Verity Stuart ebenfalls Probleme mit ihrem Fallschirm hatte", sagte Bourke.

„Aber klar!" rief Miltons hinterbliebener Sprößling plötzlich ganz aufgekratzt. „Das war doch der Witz, wäre Dad nicht ums Leben gekommen."

„Ein Witz?"

„Ein Streich, Kommissarin. Dad ließ mich mit dem Camcorder aufnehmen, wie Verity sich bei der Landung aufführte."

„Wollen Sie sagen", fragte Bourke ungläubig, „daß Ihr Vater sich am Fallschirm dieser Frau zu schaffen gemacht hat?"

Ted nickte. „Genau das. Verity ist eine Panikerin. Als ihr Fallschirm sich nicht öffnete, erwarteten wir, daß sie sich vor Angst in die Hose macht. Und bis ihr einfiel, die Reißleine des Notfallschirms zu ziehen, schrie sie Zeter und Mordio."

Bourke sah Carol an, als könne er es nicht fassen, dann fragte er Ted: „Und Sie und Ihr Vater haben das für witzig gehalten? Jemandem einen Todesschreck einzujagen?"

„O ja. Das war doch noch gar nichts. Wie fanden Sie diesen UFO-Streich vor ein paar Wochen? Dads Idee, aber ich habe sie mit ihm ausgearbeitet. Das war ein Ding! Wir haben sogar das Fernsehen angeschmiert. Das war vielleicht blamabel, als wir die bloßgestellt haben. Was für ein Gelächter!"

„Es würde unserer Untersuchung nützen, wenn wir einstweilen Ihren Camcorder und das gestern gedrehte Video mitnehmen könnten." Carol fügte nicht hinzu, daß sie es sonst beschlagnahmen würde.

„Es ist kein Video, sondern eine DVD." Er stand auf. „Ich hole sie Ihnen, aber Sie müssen mir das quittieren."

Als er hinausgegangen war, sagte Bourke leise zu Carol: „Tief bekümmert über den Tod seines Vaters, nicht wahr?"

„Vielleicht markiert er nur den starken Max."

Bourke schnaubte. „Es schert ihn einen Scheißdreck. So langsam werde ich neugierig, was in Milton Ryces Testament steht."

„Das kann ich Ihnen sagen, Inspektor“, antwortete eine Stimme von der Tür her. Beladen mit einem Tablett, unter dem er noch zierlicher wirkte, kam Larry Frobisher herein. „Ich dachte, Sie wären einer Erfrischung nicht abgeneigt.“

Er stellte das Tablett auf den Couchtisch und fuhr fort: „Abgesehen von einer Spende an das Kinderhilfswerk geht der größte Teil an die Familie. Seine Frau Deanna kriegt die Hälfte, Ted und Rae bekommen je ein Viertel.“

„Darf ich fragen, woher Sie das wissen?“ Carol nahm die Porzellantasse entgegen. Köstlicher Kaffeeduft stieg ihr in die Nase.

„Für Sie auch Kaffee, Inspektor?“ Frobisher reichte ihm eine feine Porzellantasse und antwortete: „Milton hat erst unlängst die Sache mit mir besprochen. Er hatte die Absicht, sein Testament zu ändern. Es gab Probleme in seiner Ehe, und ich riet ihm, abzuwarten, bis klar war, ob er und Deanna die Beziehung kitten konnten.“

„Wenn man Gerüchten glauben darf, machte es nicht diesen Anschein“, sagte Bourke. „Ich habe läuten hören, daß die Scheidung bevorstand.“

Frobisher strahlte ihn an. „Sie haben auf meine Website geschaut, ja? Erst letzte Woche brachte ich die Nachricht im Frobisher-Report.“ Sein Lächeln erstarb. „Natürlich haben die Medien meine Geschichte abgekupfert und ausgeschlachtet. Diese faulen Säcke. Sie verwenden mein Material, aber löhnen sie das? Mitnichten!“

„Somit waren nicht Sie es, der den Medien gesteckt hat, daß Milton Ryce beim Fallschirmspringen umgekommen ist?“

„Na, ganz bestimmt nicht, Kommissarin. Obwohl ich zugeben muß, daß ich die Nachricht von Miltons Tod auf meine Seite gesetzt habe, sobald ich es erfuhr. Es wäre denkbar, daß ein Journalist das sofort entdeckt hat.“ Verärgert fuhr er fort: „Leider war ich nicht der erste. Ich hab’s auf die Website gesetzt, aber es ist keine Erstmeldung. Leider!“

„Haben Sie eine Ahnung, wer den Medien gesteckt hat, daß es kein Unfall war?"

„Keinen Schimmer, Kommissarin, aber unter uns gesagt, ich tippe auf Huffner. Er hat schon früher Infos verkauft."

„Haben Sie Beweise dafür?"

Frobisher grinste. „Na klar. Ich selbst hab' ihm für einen Tip ein paar Dollars gelöhnt. Auf einer Party vor ein paar Monaten hat Basil Clement dem Prominentendoktor Gilbert Edmundson eine geknallt. Hat ihm fast den Kiefer gebrochen. Ihnen ist bestimmt nicht entgangen, mit welcher Begeisterung die Klatschkolumnen Basil Clement in den Dreck ziehen. Ich habe 'ne hübsche Summe dabei kassiert."

„Haben Sie auch Infos über Milton Ryce verhökert?"

Das Gesicht des kleinen Mannes wurde ganz wütend. „Ob ich die Hand beiße, die mich füttert? Kommissarin, sehe ich so dämlich aus?"

„Ich meine nicht, daß Sie dumm waren, Mr. Frobisher. Sie könnten anonym Hinweise gegeben haben."

„Daß man Milton besser nicht in die Quere kommt, hat man sofort gemerkt. Der kleinste Hinweis auf illoyales Verhalten, und er würde sich wie ein tollwütiger Hund auf einen stürzen."

„Bizarr", murmelte Bourke.

Frobisher grinste, er hatte seine gute Laune zurückgewonnen. „Bizarr, Inspektor, aber wahr. Milton war ein unversöhnlicher Feind." Er nahm eine Schale vom Tablett. „Mag jemand Scones? Ich habe auch Schlagsahne und selbstgemachte Erdbeermarmelade."

Carol, die seit dem Frühstück nichts mehr gegessen hatte, nahm das Angebot an. „Das ist nett von Ihnen, Mr. Frobisher."

„Aber nicht doch, Kommissarin." Er fischte eine Visitenkarte aus seiner Jackentasche. „Ich wäre Ihnen dankbar für alle Infos, die Sie mir zukommenlassen könnten. Für exklusive Infos ganz besonders."

Amüsiert nahm Carol die Karte. „Bestechungsscones", sagte sie.

Frobisher neigte den Kopf auf seine charakteristische Weise. „Man nimmt, was man kriegt. Ich darf Ihnen versichern, daß ich meine Quellen nie preisgebe. Niemand wird Ihnen also was anhängen können."

„Ich fürchte –" begann Carol.

„Sag niemals nie!" unterbrach Frobisher. „Es könnte ja sein, daß es irgendwann mal für beide Seiten von Vorteil ist, Informationen auszutauschen."

Bourke, der sich ein Scone einverleibt hatte, spülte mit einem Schluck Kaffee nach. „Apropos Information: Eine Kymberly Watson war gestern dabei, als Mr. Ryce starb. Sie wurde von Dr. Edmundson weggeführt, der dem Inspektor sagte, sie sei zu aufgewühlt, um eine Aussage zu machen. Wir wissen, daß Dr. Edmundson nach Sydney zurückgekehrt ist, aber Ms. Watson haben wir bisher nicht auftreiben können, und ich frage mich, ob Sie wissen, wo sie ist."

„Kym? Sie ist Miltons momentane Geliebte."

„Momentan?" fragte Carol mit hochgezogenen Brauen.

„Milton hatte sie reichlich." Er lächelte affektiert. „Trotzdem war er auf seine Weise treu. Immer nur eine zur Zeit."

„Wissen Sie ihre Namen?"

„Da machen Sie sich mal keine Gedanken, Kommissarin. Keine von ihnen hatte ein Motiv, Milton umzubringen. Wenn Milton von einer Frau genug hatte, gab er ihr eine hübsche Abfindung in bar. Ach, und natürlich mußte sie eine strikte Verschwiegenheitserklärung unterschreiben."

„Seit wann ist Ms. Watson seine Geliebte?" fragte Bourke.

„Seit ein paar Monaten. Milton hat ihr in Sydney eine Wohnung am Hafen besorgt. Die arme Kym wird da bald ausziehen müssen – sie kann sich die Miete nicht leisten. Dabei hat sie sich darauf gespitzt, die vierte Mrs. Ryce zu werden, obwohl ich ihr gesagt habe, sie solle sich keine

Hoffnungen machen. Selbst wenn er sie geheiratet hätte – keine seiner Ehefrauen hat jemals Geld aus ihm herausgeleiert.“ Frobisher wieherte plötzlich. „Außer Deanna, natürlich, und dafür mußte er sich das Genick brechen.“

„Wir haben Ms. Watsons Adresse in Sydney“, sagte Bourke, „aber da ist sie offensichtlich nicht.“

„Sie suchen am falschen Ort“ erklärte Frobisher. „Sie ist hier, falls Sie sie sprechen wollen.“

Und nach einer Pause fügte er mit sarkastischem Grinsen hinzu: „Ich glaube, Sie werden Kym gleichzeitig trauernd und mit ihrem Teint beschäftigt antreffen.“

3

Der Swimmingpool lag hinter dem Haus. Während Frobisher sie durch einen langen Flur führte, erklärte er: „Ryce Hall ist sehr viel größer, als es von vorn aussieht. Das Gebäude ist als T konstruiert, mit einem separaten Trakt für die Gäste, deren Zimmer zum Pool hinausgehen. Ich habe dort übrigens eine Suite zur exklusiven Benutzung.“

„Sie waren ein enger Freund von Mr. Ryce?“

Carols Frage entlockte ihm ein ironisches Grinsen. „Milton hatte keine Freunde. Ich würde es als assoziiert bezeichnen.“

„Sie meinen ein Partner?“ fragte Carol.

Frobisher gluckste. „Eher Komplize. Milton bevorzugte einen kleinen Kreis von Leuten, so was wie ein Projektteam, wenn er seine größeren Dinger plante. Dann machte er einen von uns zum Projektleiter, der für den reibungslosen Ablauf verantwortlich war.“

„Diese Rolle als Projektleiter“, fragte Bourke, „war das eine bezahlte Position?“

„Wie scharfsinnig Sie sind, Inspektor Bourke. Allerdings wurde sie bezahlt – gut sogar. Ich würde doch nicht meine Zeit vergeuden ohne Vergütung, das versichere ich Ihnen."

„Würden Sie uns sagen, bei welchem Streich in jüngster Zeit Sie mitgewirkt haben?"

Frobisher schüttelte den Kopf. „Ich fürchte nein, Kommissarin. Ich habe eine Stillschweigevereinbarung unterschrieben. Ich weiß nicht, ob die noch gilt, ohne juristischen Rat sage ich gar nichts." Das Thema wechselnd, deutete er auf eine Tür, an der sie gerade vorbeikamen, und sagte: „Das ist das Musikzimmer mit Flügel und allem. Leider war Milton überhaupt nicht musikalisch."

Carol hatte bereits amüsiert die eleganten Schilder auf den verschiedenen Türen gelesen. Bei *Schlachtenraum* hielt sie an. „Was ist das denn?"

Frobisher stieß die Tür auf. „Sehen Sie selbst."

„Wow", rief Bourke beeindruckt. „Das muß ein Vermögen wert sein."

Auf sorgfältig gestalteten Schlachtfeldern waren Modellsoldaten aufgestellt. Als sie nähertraten, konnte Carol sehen, wie genau die Uniformen bei jeder einzelnen Figur gearbeitet waren. Die meisten stellten längst vergangene Schlachten nach, als die Soldaten noch in leuchtenden Farben in den Kampf marschierten.

„Wenn er nicht gerade Pläne schmiedete, jemanden zu demütigen, oder aus Flugzeugen sprang, verbrachte Milton hier seine Zeit." Frobisher grinste fast höhnisch. „Seltsames Hobby für einen erwachsenen Mann, finden Sie nicht?"

Ohne die Antwort abzuwarten, machte er auf dem Absatz kehrt und verließ das Zimmer, als fühle er sich darin nicht wohl.

Carol und Bourke folgten seiner zierlichen Gestalt durch eine geräumige Küche, wo eine Frau mittleren Alters wirkte, in einen freundlichen hellen Raum, der mit vier Nischen brauner Lederbänke um gelbe Kunststofftische ausgestattet war. „Hier frühstücken alle“, sagte Frobisher und rümpfte die Nase. „Diese Mahlzeit überspringe ich immer.“

„Was gibt's an Personal in Ryce Hall?“

Frobisher deutete mit dem Kinn zur Küche. „Polly Treeve arbeitet seit Jahren hier. Sie gehört praktisch zur Familie. Sie führt den Haushalt, kocht, stellt die Landarbeiter ein, die Gärtner, all die Leute, die so gebraucht werden. Sie ist ein Schatz. Die würde sogar ich einstellen.“

Glastüren glitten auseinander, die Terrasse dahinter war auf einer Seite von einer Pergola mit hell blühenden Kletterpflanzen eingefaßt. Auf der anderen Seite leuchtete das friedliche Blaugrün eines geschwungenen Pools, den Palmen und Baumfarne umstanden. Eine weiße Liege war voll in die Sonne gerückt, darauf ruhte ein eindeutig weibliches Wesen in knappem pinkfarbenen Bikini.“

„Das ist Kym, sie badet in der Sonne wie eine Eidechse. Natürlich mißachtet sie jede Warnung vor den schädlichen Folgen direkter Sonnenstrahlen auf die Haut.“

Frobisher verließ sie mit dem Versprechen, sie zum Flugfeld zu fahren, sobald sie hier fertig seien. „Das ist viel einfacher, als Ihnen den Weg zu beschreiben.“

„Wir fahren Ihnen nach“, sagte Carol, die Larry Frobisher keine Gelegenheit geben wollte, dabei zu sein, wenn sie und Bourke sich mit dem Piloten unterhielten.

Frobisher schien irritiert. „Wie Sie wünschen.“

Carol und Bourke waren gerade aus dem vollklimatisierten Haus in die bleierne Hitze auf der Terrasse getreten, als Ted Ryce sie einholte. „Hier ist der Camcorder“, sagte er. „Ich kriege ihn doch wieder, oder?“

„Wir geben ihn zurück, sobald wir entschieden haben, ob die von Ihnen gedrehten Aufnahmen für unsere Untersuchung von Interesse sind“, erklärte Carol, während Bourke die Quittung ausstellte.

„Sie passen drauf auf? Ich hab' schon von Bullen gehört, die Filme ans Fernsehen verhökert haben."

Über die damit verbundene Unterstellung verärgert, entgegnete Carol kalt: „Das wird nicht geschehen, Mr. Ryce."

Er blinzelte an ihr vorbei ins grelle Sonnenlicht. „Sie wollen Kym befragen, oder?"

„Es ist nötig, mit allen Zeuginnen und Zeugen zu sprechen", erklärte Carol höflich. „War Ms. Watson bei Ihnen, als Ihr Vater aus dem Flugzeug sprang?"

„Ja, direkt neben mir. Sie hatte sich fein gemacht, weil sie nach dem Sprung mit Dad irgendwohin zum Lunch wollte. Wohin weiß ich nicht. Es interessierte mich nicht. Sie hat auf die Uhr gesehen und gemault, weil sie zu spät kämen. Jedenfalls ist sie deshalb gestern nicht selbst gesprungen, sie ist nämlich eine vorzügliche Springerin. Dadurch hat Dad sie ja kennengelernt."

„Mr. Frobisher deutete an, daß Ms. Watson und Ihr Vater in enger Beziehung standen."

Ted Ryce prustete vor Lachen. „Wie taktvoll von Ihnen, Kommissarin! Sie hatten ein Verhältnis."

„Und Ihre Stiefmutter?" fragte Bourke.

„Wußte davon. Deshalb wollte Deanna ja nicht mehr hierher kommen. Sie wollte Kym möglichst nicht begegnen."

„Wir haben gehört, daß von Scheidung die Rede war", sagte Carol.

„Dad wollte sie, aber Deanna hat sich geweigert. Sie war blöd genug gewesen, vor der Heirat eine Verzichtserklärung zu unterschreiben. Dumm gelaufen. Bei einer Scheidung hätte sie von Dad finanziell nicht viel zu erwarten gehabt."

Und fröhlich fügte er hinzu: „Durch Dads plötzlichen Tod ist die Vereinbarung hinfällig. Insofern erhält meine Stiefmutter, da sie mit ihm noch verheiratet ist, die Hälfte seines Vermögens. Das ist doch ein starkes Motiv, oder?"

Ted schickte sich an zu gehen, da sagte Bourke: „Mr.

Ryce, wie wir erfahren, wurden die Fallschirme, die Ms. Stuart und Mr. McNamara benutzt haben, auf dem Flugplatz deponiert. Wir hätten gern Ihre Erlaubnis, die beiden Packen zur Untersuchung mitzunehmen."

„Ich habe Ihnen bereits gesagt, was Sie dabei rausfinden werden – Veritys Hauptfallschirm ist unbrauchbar, alles andere funktioniert einwandfrei."

„Sie möchten bestimmt eine Quittung", sagte Carol trocken.

„Wenn's keine Umstände macht. Sie können sie Bendix geben."

Als sie ins gleißende Sonnenlicht hinaustraten, sagte Bourke zu Carol: „Ich schätze, der junge Mann hat selbst ein exzellentes Motiv. Sollte er uns davon überzeugen können, daß seine Stiefmutter seinen Vater umgebracht hat, fiele das ganze Vermögen an ihn und seine Schwester."

„Somit hätte auch Rae ein Motiv."

„Eine Gemeinschaftstat von Bruder und Schwester", sagte Bourke, „damit alles in der Familie bleibt. Wie wäre ein solches Szenario?"

„Ich habe das dumpfe Gefühl, Mark, daß wir bald eine beängstigende Latte von Verdächtigen haben werden."

Kymberly Watson setzte sich auf und nahm die Sonnenbrille ab, als Carol und Bourke herantraten. Carol fand, daß sie der Archetyp der Geliebten eines reichen Mannes sei. Ihr pinkfarbener Bikini saß sehr knapp. Sie hatte sensationelle Brüste, ansonsten war sie so dürr, daß Carol glaubte, bei einer Umarmung bräche man ihr wahrscheinlich die Rippen.

Inspektor Huffner hatte Kymberly Watson als Häufchen Elend bezeichnet, inzwischen schien sie sich ausgeweint zu haben. Ihr Gesicht, das unter besseren Umständen eindeutig hübsch zu nennen gewesen wäre, war fleckig und geschwollen, ihre Augen aber trocken, und sie war gefaßt.

„Sagen Sie Kym zu mir", erklärte sie mit hoher Piepsstimme, als Carol sich und Bourke vorstellte.

„Es tut uns leid, Sie zu einem so unpassenden Zeitpunkt belästigen zu müssen“, sagte Carol. „Wir müssen leider mit allen sprechen, die Zeugen dieser Tragödie waren.“

„Milton war alles für mich“, verkündete Kym. „Alles.“ Ihre Lippen zuckten. „Und ich sah, wie er fiel, fiel... Ich schrie, er soll seinen Fallschirm öffnen, aber er fiel immer weiter...“

„Eine schreckliche Erfahrung“, sagte Bourke mitfühlend und zog sein Notizbuch hervor.

Sie sah ihn aus blauen Augen an. „Ja“, flüsterte sie, „schrecklich. Nein, schlimmer als schrecklich. Verheerend. Sie können sich gar nicht vorstellen, was für ein Gefühl das ist, jemanden, den man liebt, auf diese Weise umkommen zu sehen.“ Sie starrte auf sein Notizbuch. „Schreiben Sie das auf?“ Sie wirkte eher erfreut als überrascht.

Bourke lächelte. „Das ist so üblich.“

„Ich bin noch nie von der Polizei befragt worden.“ Sie runzelte die Stirn. „Und der Gedanke, daß es deswegen ist, weil ich Milton sterben sah...“

„Natürlich hat Sie die Tragödie aus der Fassung gebracht“, sagte Carol. „Haben Sie deshalb Dr. Edmundson gerufen?“

„Gilbert? Ich habe ihn nicht gerufen, Ian McNamara war das. Gilbert war hier in Ryce Hall, aber Fallschirmspringen interessiert ihn nicht, deshalb ist er nicht mitgekommen.“

„Sie und Mr. Ryce hatten eine Verabredung zum Lunch?“

Das lenkte Kym von ihrem Kummer ab, und sie erklärte lebhafter: „Bei den Clement-Brüdern. Sicher haben Sie schon von Basil Clement gehört. So ein netter Mann. Sein Bruder Morris ist nicht annähernd so bekannt. Jedenfalls haben sie hier in der Nähe ein Landhaus, und Milton und ich wollten anschließend hinfahren. Ich hatte mich so darauf gefreut.“

Die Erwähnung der Einladung zum Lunch warf sie direkt in ihr Elend zurück. Sie fuhr sich mit der Hand über die Augen und murmelte in tragischem Ton: „Aber wir sind gar nicht hingekommen.“

Nach einer Pause, in der Carol und Bourke einen nüchternen Blick wechselten, riß Kym Watson sich so weit zusammen, daß sie sagte: „Zumindest hat Milton nicht gelitten. Gilbert sagte, er hätte gar nichts gefühlt.“ Sie dachte nach. „Irgendwas, daß die Aufschlagsgeschwindigkeit schneller war, als Nervenimpulse reagieren können.“

„Das ist gewiß ein Trost“, sagte Bourke ernsten Gesichts.

Carol legte schützend die Hand über die Augen. „Wie ich höre, sind Sie selbst Fallschirmspringerin“, sagte sie.

„Das hatten wir gemeinsam. Milton und ich. Es ist beinahe wie Fliegen, wissen Sie. Der freie Fall... das ist wunderbar.“

Sie zog nachdenklich eine Locke lang. „Ist das bei Ihnen Natur?“ fragte sie.

„Wie bitte?“

„Ihr blondes Haar.“

„Oh, ja.“

Kymberly Watson seufzte mißvergnügt. „Sie Glückliche“, sagte sie. „Bei meinem muß man etwas nachhelfen... Ehrlich gesagt, ziemlich nachhelfen.“

Carol sah Bourkes Lippen zucken, aber er sagte ernst: „Wir untersuchen, wie Mr. Ryce gestorben ist, Ms. Watson.“

„Kym“, korrigierte sie. „Vergessen Sie dieses Ms. Watson-Gedöns. Und was gibt's da zu untersuchen? Beide Fallschirme haben versagt. Das ist es, was passiert ist.“

„Aber warum haben beide versagt?“ entgegnete Bourke.

Sie starrte ihn mit weitaufgerissenen Augen an. „Sie glauben doch nicht, daß jemand mit Absicht –“ Sie brach ab und schüttelte den Kopf. „Nein, das ist unmöglich.“

Diese Frau war nicht ehrlich, dachte Carol. Ryces Sohn hatte munkeln hören, daß seines Vaters Tod kein Unfall gewesen sei. Larry Frobisher ebenfalls. Es fiel schwer, zu glauben, daß Kymberly Watson nicht auch davon wußte.

„Mr. Ryce hat seine Fallschirme selbst gepackt?“ erkundigte sich Carol.

„Wir haben es beide gelernt. Wenn man einen Sport ernst nimmt, lernt man jedes Detail." Sie musterte Carol mit scharfem Blick. „Also, Kommissarin, Sie wollen wissen, was mit der Ausrüstung war, die Milton gestern benutzt hat. Es war wie immer, er hat seinen Fallschirm selbst gepackt."

„Sie haben es selbst gesehen?"

„Nein, natürlich nicht, aber ich weiß, daß er es immer tat."

„Experten der Luftstreitkräfte untersuchen die Fallschirme", sagte Carol. „Wenn sie feststellen, daß sie vorsätzlich manipuliert worden sind –"

„Ich kann Ihnen da nicht helfen!" Kym Watson stand auf, dann schauderte sie, als hätte sich eine eiskalte Hand auf sie gelegt. „Ich war weder im Flugzeug, noch habe ich beim Beladen geholfen. Es muß Ihnen klar sein, daß ich durch Miltons Tod alles zu verlieren und nichts zu gewinnen hatte."

Langsam setzte sie sich wieder auf die Liege. „Entschuldigen Sie. Larry hat gesagt, ich gehöre zum Kreis der Verdächtigen, weil ich Milton so nah stand." Fast flehentlich blickte sie zu Carol und Bourke hoch. „Jetzt, da Milton tot ist, wird man mich innerhalb eines Monats aus meiner Wohnung werfen. Klingt das, als wünschte ich seinen Tod? Es muß andere geben, die Grund hatten, ihm was anzutun."

„Bisher haben wir noch keinen Verdacht", sagte Carol, „aber uns ist bewußt, daß Mr. Ryce Feinde hatte. Zum Beispiel die Opfer seine Streiche."

„Kommissarin, das war doch *Spaß*." Sie spreizte ihre Hände. „Ich meine, wer nicht über sich lachen kann..."

„Manche Menschen finden es nicht so lustig, in aller Öffentlichkeit gedemütigt zu werden", bemerkte Bourke.

„Manche Leute haben eben keinen Sinn für Humor."

„Wir wären für jede Information dankbar, die Sie uns geben können", sagte Carol. „Hat Mr. Ryce in letzter Zeit Drohungen erhalten?"

„Milton hat sich nie darum geschert, was irgendwer

gesagt hat, insofern hätte er es mir gegenüber auch nie erwähnt." Sie beugte sich vertraulich vor. „An Ihrer Stelle würde ich mir mal Miltons Frau vorknöpfen. Deanna ist zu allem fähig."

„Warum sagen Sie das?"

Kymberly bedachte Carol mit strahlendem Lächeln. „Ach, ich weiß nicht", sagte sie. „Vielleicht weil sie schon einmal jemanden umgebracht hat..."

★★★

„Auf die Befragung von Deanna Ryce bin ich gespannt", bemerkte Carol, als sie ins Haus zurückgingen.

„Kymberly Watson hätte am liebsten, daß wir Ryces Frau zuoberst auf unsere Liste setzen", sagte Bourke. „Ich wette, Deanna Ryce erwidert den Gefallen und beschuldigt die schöne Kymberly."

In der Küche saß Polly Treeve am Tisch und puhlte Erbsen. Der Anblick des frischen grünen Schotenhaufens brachte Carol plötzlich ihre Kindheit zurück. Die Sommerferien hatte sie immer in den Blue Mountains bei ihrer Tante und ihrem Onkel verbracht. Unzählige Male hatte sie Tante Sarah beim Erbsenpuhlen geholfen. Immer wieder hatte sie sich welche in den Mund gestopft, bis Tante Sarah protestierte, es bliebe nicht mehr genug fürs Abendessen.

Als sie hereinkamen, stand Polly auf und wischte sich die Hände an ihrer Schürze ab. Dann wartete sie ungerührt, bis Carol sagte: „Ms. Treeve? Ich bin Kriminalkommissarin Carol Ashton, und dies ist Kriminalinspektor Mark Bourke. Ich hätte da ein paar Fragen an Sie."

„Bitte schön."

Ms. Treeve gehörte zu diesen unverwüstlichen Typen, denen man schwer etwas vormachen kann, urteilte Carol. Die Haushälterin war extrem dürr und eher klein, wirkte aber überhaupt nicht zerbrechlich, ihr Blick war direkt, ihr Mund hatte etwas Entschiedenes. Ihr grau werdendes Haar war zu einem strengen Knoten zurückgekämmt, und als einzigen Schmuck trug sie eine schlichte Uhr aus Edelstahl und einen dünnen goldenen Ehering.

„Sie sind schon lange bei Mr. Ryce?" fragte Carol.

„Seit dreißig Jahren."

„Und seit wann sind Sie hier in Hash's Creek?"

„Seit fast fünf Jahren."

„Und davor?"

„Verschieden. Meistens in Sydney."

Bourke warf Carol einen amüsierten Blick zu. Sie wußte, was er dachte: Hier war eine harte Nuß zu knacken. Er sagte: „Sie müssen gern hier arbeiten, sonst wären Sie nicht so lange beim selben Arbeitgeber geblieben."

„Kann mich nicht beklagen."

„Wir untersuchen den Tod von Mr. Ryce."

„Inspektor Huffner hat mich schon befragt. Ich hab' ihm gesagt, daß ich nichts darüber weiß."

„Wir untersuchen, ob Mordverdacht besteht", sagte Carol.

Polly Treeve nickte stumm.

„Können Sie sich vorstellen, daß ihm jemand Böses wollte?"

Carols Frage rief ein trübes Lächeln hervor. „Mr. Ryce hatte mehr Feinde als Freunde. Das lag an seiner Art."

„Fällt Ihnen speziell jemand ein?"

Polly Treeve starrte sie lange an. „Spontan nicht."

Noch ein paar Fragen, dann gab Carol auf. Nachdem sie die Küche verlassen hatten, sagte sie zu Bourke: „Mark, hier bedarf es deines männlichen Charismas."

„Charisma?" Er prustete vor Lachen. „Du willst mich nur einseifen."

„Du solltest Polly allein aufsuchen. Setz dich zu ihr in die Küche, iß ein paar Scones und gewinn sie."

„Du überschätzt meinen Charme, aber ich will's versuchen. Glaubst du, sie weiß irgendwas, das uns weiterhilft?"

„Polly Treeve ist seit dreißig Jahren in dieser Familie", sagte Carol. „Sie weiß, wo die Leichen liegen. Vielleicht hat sie ja selbst ein paar begraben."

4

Die Straße zum Haus von Neville Bendix war schnurgerade, so daß Carol dachte, sie habe richtig vermutet, daß Larry Frobisher nur eine Chance gesucht hatte, ihr Gespräch mit dem Piloten zu belauschen.

Sie folgten ihm in der Staubfahne, die sein protziger Geländewagen aufwirbelte, hielten hinter ihm, als er ein Gatter nach dem anderen in der Umzäunung öffnete, und jedesmal, wenn sie durchgefahren waren, sprang Carol heraus und schloß es wieder. Sie grinste über Bourkes Bemerkung, daß Frobisher einen so riesigen Schlitten fuhr, um seine Winzigkeit zu kompensieren – sie hatte das Gleiche gedacht.

Nach etwa zwei Kilometern kam der Luftsack des Flugplatzes in Sicht, kurz darauf fuhren sie auf ein kleines Haus neben dem Hangar zu. Als sie den Hangar passierten, sah Carol darin zwei Flugzeuge stehen.

Mit dem rotgeziegelten Dach, den gemauerten Wänden und weißen Fensterläden wirkte das Haus eher unpassend. Es erinnerte Carol an ein englisches Cottage inmitten eines Gartens, der – verglichen mit der fahlen Sommerlandschaft ringsum – von nahezu schockierendem Grün war.

„Finden Sie allein zurück?" rief Frobisher von seinem herrschaftlichen Hochsitz.

„Kein Problem", erwiderte Bourke, „und Dank für die Hilfe."

Schlechtgelaunt riß Frobisher das Steuer herum und brauste in einer Staubwolke davon, während Neville Bendix aus dem Haus kam, um sie zu begrüßen. Er war ein untersetzter stämmiger Mann mit zerfurchtem Gesicht und einem üppigen Schnurbart, der wie angeklebt aussah, erst auf den zweiten Blick sah Carol, daß er echt war.

Bendix führte sie in die Küche und sagte düster: „Ich glaube, ich bin jetzt arbeitslos."

Er bedeutete ihnen Platz zu nehmen. Ein Ende des Küchentischs war mit Papieren bedeckt, die nach persönlichen Unterlagen aussahen. Daneben befanden sich eine angeschlagene Untertasse voller Zigarettenkippen, eine geöffnete Zigarettenschachtel, ein Einwegfeuerzeug und eine Coladose, die erst kürzlich aus dem Kühlschrank geholt worden war und noch Perlen von Kondenzwasser aufwies.

„Etwas zu trinken?" fragte er Carol.

„Wasser, bitte", antwortete Carol, der die Hitze zusetzte. Bourke entschied sich für eine Cola.

Der Pilot brachte die Getränke, dann warf er sich auf einen Stuhl. „Was kann ich für Sie tun?"

„Erzählen Sie uns etwas über *Skydivers Anonymous*", sagte Bourke und klappte sein Notizbuch auf.

„Mr. Ryce war ganz verrückt aufs Fallschirmspringen. Ich war schon sein Pilot, bevor er diesen exklusiven Club gründete, den er *Skydivers Anonymous* nannte und der nur mit Einladung funktionierte. Jeder, der sich in diesem Sport engagiert, kannte ihn, aber nicht jeder, den Mr. Ryce als mögliches Mitglied akzeptiert hätte, konnte sich die Jahresgebühr leisten. Natürlich war er reich genug, für alles zu bezahlen – er stellte zum Beispiel das Flugzeug und das Rollfeld zur Verfügung –, aber er sagte oft, daß niemand irgendwas zu schätzen wisse, es sei denn, es koste ihn richtig was."

„War es kompliziert, für Milton Ryce zu arbeiten?" fragte Carol.

Bendix trank einen Schluck aus seiner Coladose, wischte sich über den Bart und sagte: „Ich wäre der erste, der zugibt, daß er mit Leuten ziemlich mies umsprang; aber zu mir war er immer sehr nett. Diese Art Chef, für die man gern einen Umweg macht, Sie wissen, was ich meine? Hat sich nie eingemischt, aber das Beste erwartet. Er bezahlte mich gut, überließ mir mietfrei das Haus. Das war eine feine Sache, aber ich schätze, damit ist es jetzt vorbei. Ted oder Rae werden mich ganz bestimmt nicht behalten wollen. Mrs. Ryce auch nicht – die hat's nicht mit Fallschirmspringen."

„Ich habe zwei Flugzeuge im Hangar gesehen", sagte Carol.

„Gestatten Sie, daß ich rauche?" Ohne die Antwort abzuwarten, schüttelte er eine Marlboro aus der Packung und zündete sie an. Er inhalierte tief und stieß eine kleine graue Rauchfahne aus. „Die eine Maschine ist zum Fallschirmspringen umgebaut und wird nur dafür benutzt. Die andere ist für Passagiere. Ich war rund um die Uhr in Bereitschaft, um Mr. Ryce – und Gäste, wenn er welche hatte – zu fliegen, wo immer sie hinwollten. Abgesehen von Geschäftsreisen zu den Wirtschaftszentren verschiedener Länder bin ich hauptsächlich zwischen hier und Sydney gependelt. Meistens habe ich freitags Mr. Ryce am Bankstown Airport abgeholt und fürs Wochenende hergeflogen. Sonntagabend oder Montagfrüh hab' ich ihn in die Stadt zurückgeflogen."

„Sie glauben nicht, daß seine Familie weiterhin nach Hash's Creek fliegen wird?" fragte Carol.

Bendix schüttelte den Kopf. „Nee. So sehr lieben sie das Land nun wieder nicht. Ich schätze, sie werden das Haus verkaufen, sobald sie es auf den Markt bringen können."

„Wir würden gern über den gestrigen Flug sprechen", sagte Bourke. „Gab es irgend etwas Ungewöhnliches?"

Bendix nahm noch rasch einen Zug, dann streifte er sorgfältig die Asche an der Untertasse mit den Kippen ab. „Nichts Außergewöhnliches... bis Mr. Ryce..." Sein Kinn zuckte.

„Kein Streit? Keine Unstimmigkeiten?"

Bendix räusperte sich. „Nichts davon." Nach einer Pause erklärte er: „Seitdem geht mir das ständig im Kopf herum." Er blickte Carol direkt in die Augen. „War das ein Unfall? Oder Absicht? Ich möchte es gern wissen."

„Wir sind noch nicht sicher, Mr. Bendix."

„Ich habe munkeln gehört, daß der Typ vom Fallschirmspringerverband gesagt hätte, es sei Absicht gewesen."

„Die Buschtrommel ist wohl aktiv gewesen."

Bei Carols Bemerkung nickte Bendix. „Sie wissen ja, wie das ist auf dem Land. Jeder weiß alles von jedem."

Carol entschied, daß Bendix ihre Frage vielleicht offener beantwortete, wenn sie ihm Informationen mitteilte. Also sagte sie: „Der Mann vom AFV glaubt, daß der Hauptschirm wie auch der Reservefallschirm manipuliert worden sind, aber wir holen noch ein Gutachten vom Experten der Luftwaffe ein."

„Der AFV-Typ wird's wissen. Ich würde mich auf das verlassen, was er sagt."

„Haben Sie eine Ahnung, wer Mr. Ryce Böses gewollt haben könnte?"

Bendix hob seine Zigarette, starrte einen Moment auf die Glut und sagte: „Es ist, als hätte Mr. Ryce es darauf angelegt, sich Feinde zu machen."

„Können Sie uns Namen nennen?" fragte Bourke.

Säuerlich lächelnd sah Bendix hoch. „Ich möchte nicht mit dem Finger drauf zeigen. Nur soviel, jeder dem er einen Streich gespielt hat. Außerdem Geschäftsleute, die den Kürzeren gezogen haben. Das ergibt eine lange, lange Liste."

Er sog ein paarmal an seiner Zigarette, drückte sie aus und zündete sich sogleich eine neue an.

„Ich würde gern mit Ihnen das Wochenende durchgehen", sagte Carol. „Haben Sie Mr. Ryce am Freitag in Sydney abgeholt?"

„Diesmal nicht. Er hat gesagt, daß er mit dem Auto fahren wolle."

„Allein?"

„Ich schätze, Kym Watson ist mitgekommen, aber das weiß ich nicht genau. Geht mich auch nichts an."

„Ist er öfter von Sydney nach Hash's Creek gefahren? Das sind gut drei Stunden."

„Manchmal, nicht oft." Er zuckte mit den Schultern. „Weiß nicht, warum diesmal. Fliegen ist ja viel schneller. Jedenfalls hat er mich Freitag von Sydney aus angerufen und gesagt, er hätte Gäste für einen Samstagmorgensprung, sofern das Wetter mitspielte. Wer die Gäste waren, hat er mir nicht gesagt, und ich habe nicht gefragt. Das geht mich nichts an."

„Nach diesem Anruf, wann haben Sie das nächste Mal mit Mr. Ryce gesprochen?"

„Samstagmorgen. Ich hab' die Wettervorhersage überprüft, es war ideal, und alles startklar gemacht. Ted und McNamara hatten schon alles eingeladen, da kam Mr. Ryce mit Kym. Wir besprachen die Details der Absprungzone, dann fuhren Ted und Kym zum Landeplatz, und wir flogen los."

Daß Bendix Kymberly Watson beim Vornamen nannte, ließ Carol aufhorchen, da er von seinem Chef und den anderen sehr viel förmlicher sprach. „Kennen Sie Ms. Watson gut?"

„Kym? Sie hat ein freundliches Wesen. Hält nichts von Etikette. Ich kenne sie noch nicht so lange, aber gleich von Anfang an hat sie darauf bestanden, daß ich Kym zu ihr sage. Zuerst hab' ich mich dabei etwas unwohl gefühlt, weil ich das vor Mr. Ryce zu vertraut fand, aber er lachte und sagte, es sei schon okay."

Bendix schilderte die technischen Details des Flugs, die Bourke sorgfältig notierte.

„Also waren es drei Passagiere und Sie?"

„Ja. Mr. Ryce, Ian McNamara und Verity Stuart. McNamara sprang zuerst, dann zog ich eine Schleife, und Mr. Ryce sprang und danach Ms. Stuart. Es war ein üblicher Flug. Alles war wie immer."

„Benahm sich irgend jemand anders als sonst?"

Er kratzte sich an der Nase. „Mr. McNamara war still. Aber das ist so seine Art. Ms. Stuart, sie redet sonst immer viel – die Nerven, wissen Sie –, aber sie hat kaum ein Wort gesagt. Ich weiß noch, daß ich dachte, sie hätte sich mit Mr. Ryce gestritten. Sie stritten sich oft."

„Wirkte Milton Ryce anders als sonst? Nervös? Besorgt?" fragte Carol.

„Ich weiß noch, daß er richtig gut drauf war, grinste in sich hinein und so. Wie wenn er einen Streich ausheckte, dachte ich noch. Ich habe nämlich seinen Ausdruck bemerkt, wie er mit sich zufrieden ist, wenn er jemandem einen Streich spielen wird."

„Haben Sie mitangesehen, wie er Streiche gespielt hat?"

„O ja. Ich half mit bei dem UFO-Spaß, als er den Tennisspieler reingelegt hat. Und diese Getreidekreise von Aliens bei Bathurst, letztes Jahr? Da war ich einer von denen, die mitten in der Nacht das Korn runtergetrampelt haben."

Sein Ton klang nicht gerade begeistert, deshalb fragte Carol: „Was hielten Sie persönlich von solchen Scherzen?"

Er zog eine Grimasse. „Kinderkram, ehrlich gesagt. Aus sowas wächst man heraus, aber Mr. Ryce eben nicht. Offen gesagt, ich habe nicht gern dabei mitgemacht, Leute in Verlegenheit zu bringen, aber Mr. Ryce gab mir eine Gehaltserhöhung. also hab' ich getan, was man mir sagte."

Bourke blätterte in seinem Notizbuch zurück. „Ted Ryce hat uns gesagt, sein Vater hätte absichtlich den Hauptfallschirm von Verity Stuart unbrauchbar gemacht, so daß sie sich im freien Fall befand, bis sie den Reservefallschirm zog."

Bendix nickte bedächtig. „Das ist schon möglich – es sähe ihm ähnlich. Es hat Mr. Ryce immer geärgert, daß sie ihre Reißleine ständig so früh zog. Vor ein paar Monaten hat er einen Gemeinschaftssprung mit einigen anderen Clubs veranstaltet. Sie haben versucht, den australischen Rekord in bezug auf die Anzahl der Leute im freien Fall zu brechen. Verity Stuart wollte unbedingt mitmachen. Mr. Ryce sagte, sie hätte den Versuch versaut, weil sie ihren Fallschirm wieder viel zu früh gezogen hat."

„Dies sollte also ihre Strafe sein?" fragte Carol.

„Gewissermaßen."

„Und Ian McNamara? Hätte er gewußt, was passierte?"

„Das bezweifle ich. Mr. Ryce sagte immer, je weniger Leute beteiligt wären, desto besser. Außerdem, hätte Mr. McNamara davon gewußt, hätte er versucht, es zu verhindern. Er hatte sich schon mit Mr. Ryce wegen der Pistole in seinem Gepäck gestritten."

Bourke blickte von seinem Notizbuch hoch. „Was für eine Pistole?"

„Letzten Monat hat Mr. McNamara eine Geschäftsreise nach Neuseeland gemacht. Mr. Ryce hat den Umriß seiner Pistole aus Metall schneiden lassen und in seinem Handgepäck versteckt. Es gab eine irre Szene auf dem Flughafen, als das Handgepäck durchleuchtet und die angebliche Pistole entdeckt wurde. Mr. McNamara verpaßte sein Flugzeug. Er war total wütend über die ganze Sache."

„Wieso hat McNamara danach noch etwas mit Ryce zu tun gehabt?"

„Ryce Industries ist McNamaras größter Kunde. Ich würde sagen, er konnte es sich nicht leisten, Mr. Ryce zu verlieren." Er hielt inne, als müsse er sich etwas verkneifen. Dann lehnte er sich zurück, entschlossen, nichts mehr zu sagen.

Carol lächelte freundlich. „Das muß Ihnen schwergefallen sein, Mr. Bendix, aber ich versichere Ihnen, wie wichtig es ist, daß Sie uns sagen, was Sie wissen."

„Da ist noch etwas, aber ich bin mir nicht sicher. Etwas, das ich gehört habe. Aber es stimmt vielleicht nicht."

„Über McNamara?“

Bendix starrte Carol einen Moment lang mit zusammengepreßten Lippen an, dann sagte er: „Also gut, ich werd's Ihnen sagen. Ich habe gehört, daß Mr. McNamara und Mr. Ryces Frau... einander nahestehen. Sehr nahe.“

„Sie haben eine Affäre?“

Er nickte zögernd. „Vielleicht stimmt es gar nicht.“

„Wer hat Ihnen das erzählt?“

„Das möchte ich lieber nicht sagen.“

Bourke lächelte verständnisvoll. „Sie wollen nicht, daß die Leute denken, Sie plappern alles aus, was Sie hören. Ich versichere Ihnen, daß Ihr Name nicht erwähnt wird. Okay?“

Wieder ein zögerndes Nicken. „Es war der Chauffeur, Sandy Boyne. Der läßt nicht viel raus. Ich war überrascht, als er es mir erzählte.“ Seine Lippen verzogen sich zu einem angedeuteten Lächeln. „Aber nicht halb so überrascht wie Sandy, als Mrs. Ryce ihn feuerte.“

„Sie feuerte ihn, weil er geplaudert hat?“

Er spreizte die Hände. „Was weiß ich. Aber möglich wär's, nicht wahr? Ich weiß bloß, daß Sandy von heute auf morgen entlassen war. Ich hab' meinen Mund gehalten und keine Fragen gestellt, aber ich schätze, Mrs. Ryce ist dahintergekommen und hat ihn rausgeworfen.“

„Hat Milton Ryce nichts dazu gesagt?“

„Nein, wieso auch. Er redete über sowas nicht mit mir. Ich war hier, um meinen Job zu tun, und das tat ich.“

Carol stellte noch ein paar Fragen, dann kam sie auf das Fallschirmgepäck zu sprechen, das McNamara im Hangar deponiert hatte. Sie folgten Bendix durch die Hitze – am Spätnachmittag war es noch genauso heiß wie mittags – zum Hangar, dessen silbrige Wände das Licht reflektierten.

Unter dem schützenden Dach war es kaum kühler. Eine Werkbank zeugte von militärischer Ordnung. Die beiden Flugzeuge, die penibel gewartet aussahen, standen nebeneinander. Bendix sah, daß Carol auf die Aufschrift der einen Maschine starrte. SKYDIVERS ANONYMOUS! prangte auf dem Rumpf, und er sagte: „Inspektor Huffner hat sie bereits unter die Lupe genommen. Nicht, daß er davon was verstünde, aber er sagte, das gehöre zu seiner Untersuchung."

„Wir werden auch jemanden herschicken. Eine reine Formalität", sagte Carol. „Was für einen Eindruck haben Sie übrigens von Inspektor Huffner?"

„Was meinen Sie damit?" fragte Bendix vorsichtig.

„Er hat uns erzählt, Mr. Ryce hätte ihn gebeten, ein Auge auf Rae zu werfen. Womit er andeutete, daß sie wohl öfter in Schwierigkeiten steckte."

„Rae ist etwas wild, aber sie ist doch nicht übel. Ich schätze, daß sie höchstens ein bißchen zu schnell fährt und vielleicht gelegentlich ein paar Partydrogen einwirft, wie alle anderen in ihrem Alter auch."

„Und Inspektor Huffner sieht darüber hinweg?"

„Machen Sie Huffner das nicht zum Vorwurf. Man muß ja mit den Leuten klarkommen, vor allem mit so einflußreichen wie Mr. Ryce." Sichtlich unbehaglich über den Verlauf, den das Gespräch nahm, fügte er hinzu: „Wenn das alles ist, hole ich Ihnen jetzt die Fallschirme."

Bourke deutete auf die beiden Flugzeuge. „Sind dies die einzigen Flugzeuge, die den Flugplatz benutzen?"

„Meistens. Manchmal kommt einer von Mr. Ryces Geschäftspartnern mit einer Firmenmaschine zur Besprechung."

Sie folgten Bendix auf die Rückseite des Hangars zu einem abgetrennten Raum mit Betonboden, wo es ebenso aufgeräumt und ordentlich war wie im Hangar. Auf einer Seite befand sich eine Reihe breiter Spinde mit Namensschildern. In der Mitte standen lange Bänke. „Wenn man es selbst macht, packt man seinen Fallschirm hier."

„Tat Mr. Ryce das an diesem Wochenende?" fragte Bourke.

„Er gehörte nicht zu denen, die Dinge im letzten Moment

tun, insofern glaub' ich das nicht. Er hat seine Ausrüstung immer frühzeitig parat gehabt."

„Aber hier drinnen könnte er Ms. Stuarts Fallschirm manipuliert haben?"

„Vermutlich. Ms. Stuart hatte keinen Schimmer vom Fallschirmpacken. Vielleicht hat Mr. Ryce ihr das abgenommen." Er zuckte die Achseln. „Hab' keine Ahnung."

Er öffnete zwei Spindtüren – auf einer stand *McNamara,* auf der anderen *Stuart* – und nahm die beiden Packen heraus. Beim Anblick der hineingestopften orangefarbenen Fallschirme, die schnöde zusammengerafft schienen, runzelte er die Stirn.

„Welche Farbe hatte der Fallschirm von Mr. Ryce?" fragte Carol.

„Die gleiche wie diese hier – orange. Sie haben alle das Logo von *Skydivers Anonymous* drauf."

„Somit sind die Fallschirme austauschbar?"

„Jeder kümmert sich um seine eigene Ausrüstung."

Carol untersuchte die Spinde. „Sie sind nicht abschließbar?"

„Das ist unnötig. Außer Mitgliedern von *Skydivers Anonymous* kommt ja niemand in den Hangar, nur ich, der Mechaniker und alle sechs Monate der Typ vom Verband zur Inspektion. Wenn mal ein anderer kam, hat Mr. Ryce sich vorher genau nach ihm erkundigt."

Bourke, der herumgegangen war und den Raum untersuchte, zeigte auf eine Tür, die halb von den Spinden verborgen war. „Was ist dahinter?"

„Mr. Ryces Privatbüro. Da gibt's nichts zu sehen, bloß ein leerer Schreibtisch mit Computer und Ablageschränke. Dort hatte er alles, was mit *Skydivers Anonymous* zu tun hatte."

Bourke drückte die Türklinke. „Sie ist abgeschlossen. Haben Sie einen Schlüssel?"

Bendix zögerte. „Ich weiß nicht recht. Mr. Ryce ist ja tot und so..."

Carol erwiderte knapp: „Mr. Ryces Tod läuft auf eine Morduntersuchung hinaus, Mr. Bendix."

Er starrte sie einen Moment lang an, dann zog er widerwillig ein großes Schlüsselbund aus der Tasche. Er suchte den richtigen, schloß die Tür auf und knipste das Licht an, ehe er beiseite trat. „Hier drin gibt es nichts von Interesse."

Es war ein kleiner fensterloser Raum. Er enthielt, wie Bendix gesagt hatte, spärliche Büromöbel: einen Metalltisch mit Computer und Flachbildschirm und zwei olivgrüne Registraturschränke. Ein ziemlich unpassender buntgemusterter Läufer lag vor den Schränken auf dem Betonboden.

Carol fixierte den Läufer, zog die Brauen hoch, dann nickte sie Bourke zu. Er beugte sich herab, hob eine Ecke des Läufers hoch und zog ihn weg. „Was ist das, Mr. Bendix?"

Versteinert starrte Bendix auf die runde Stahlplatte im Boden. Carol dachte, er überlegte womöglich, den Ahnungslosen zu markieren, doch dann sagte er: „Es ist ein Safe. Mr. Ryce ließ ihn installieren, als der Hangar gebaut wurde."

Der schwere Stahltresor war ein teures Modell mit Kombinationsschloß. Bourke bückte sich, um zu sehen, ob er verschlossen war, und fragte: „Kennen Sie die Kombination?"

„Nein. Die hatte nur Mr. Ryce."

„Was ist da drin?" Carol beugte sich herab, um den Herstellernamen zu lesen.

Bendix zog die Schultern hoch. „Keine Ahnung." Er zwirbelte das Ende seines Schnäuzers. „Nichts von Bedeutung. Ich schätze, Papiere, die mit *Skydivers* zu tun haben."

Carol spürte seine Angst. Um den Inhalt zu sehen, brauchte sie einen Durchsuchungsbescheid, ehe sie den nicht hatte, wollte sie Bendix nicht alarmieren. Sie schlenderte aus dem Zimmer und sagte: „Sicher haben Sie recht, Mr. Bendix. Ich glaube nicht, daß das wichtig ist."

Wenige Minuten später hatten sie die Fallschirme in ihrem Kofferraum verstaut, und Carol winkte Bendix zum

Abschied. Als sie den Piloten hinter sich ließen, sagte sie: „Bendix weiß mehr, als er sagt."

„Ich schätze, er weiß, was im Safe ist."

„Du hast dir Hersteller und Fabrikat gemerkt?"

„Hab' ich. Ich überprüfe, ob die Firma hier eine Niederlassung hat. Wenn nicht, werde ich wohl einen Schlosser aus Sydney einfliegen lassen müssen."

„Wir müssen ihn so schnell wie möglich aufkriegen, Mark. Wir dürfen nicht zulassen, daß uns irgendwer zuvorkommt."

„Du glaubst nicht, daß Bendix die Kombination kennt?"

„Er wäre nicht so angespannt gewesen, wenn er gewußt hätte, daß der Inhalt harmlos ist – oder wenn er den Safe bereits geöffnet und leergeräumt hätte."

„Ich kümmere mich drum", sagte Bourke. „Ich brenne ja selbst drauf, zu erfahren, was drin ist."

Bald gelangten sie an das letzte Gatter vor Ryce Hall. „Wie wär's, wenn wir heute abend ein bißchen mit den Einheimischen plaudern?" fragte Bourke und wischte sich übers Gesicht, als er wieder ins Auto stieg. „Ich sage dir, ich könnte ein Bier vertragen!"

„Jedermann wird wissen, daß wir die Bullen aus der Stadt sind. Das könnte sie hindern, uns ihr Herz auszuschütten."

Bourke grinste sie an. „Ryce und seine Sippschaft sind ja auch keine Landeier. Ich wette mit dir, daß die Einwohner von Hash's Creek nur darauf warten, mit Dreck zu werfen, und inzwischen wissen sowieso Gott und die Welt, daß Ryce wahrscheinlich ermordet wurde."

Ohne zu halten fuhr Carol an Ryce Hall vorbei, obwohl Frobisher vor der Tür stand und ihnen zuwinkte. „Ich möchte, daß du diesen Herrn gründlich unter die Lupe nimmst", sagte Carol, Frobishers Gruß erwidernd. „Irgendwas an ihm erscheint mir nicht koscher."

„Er ist ein Blutsauger", sagte Bourke angewidert. „Und zwar ein giftiger."

5

Wie recht Bourke hatte, was die Neigung der Einheimischen anging, zeigte sich, kaum daß sie den Wagen auf den Parkplatz im Hof des Hash's Creek Hotels gestellt hatten. Die Besitzerin, eine hochgewachsene Frau mit hartem Gesicht, rotgefärbten Haaren und Trompetenstimme kam aus der Hintertür. „Kommissarin Ashton, Inspektor Bourke – es kam ein Anruf für Sie. Ich war so frei, die Nachricht zu notieren."

Carol nahm den Zettel und überflog ihn rasch. Inspektor Huffner hätte eine wichtige – das Wort war zweimal unterstrichen – Information für sie. „Vielen Dank, Ms. Sandys."

„Joycie, nennen Sie mich Joycie!"

„Vielen Dank, Joycie."

Joycie ging durch den relativ kühlen, gedämpft beleuchteten Flur voraus und sagte: „Ich hab' mich schon gefragt, ob Sie heute abend wohl im Speiseraum essen werden."

Ohne die Antwort abzuwarten, marschierte sie weiter bis zum Empfang am Vordereingang. Dort blieb sie stehen und bleckte bestürzend graue Zähne bei ihrem einladenden Lächeln. „Wenn ja, würden wir uns freuen, wenn Sie anschließend in der Bar mit den Leuten von hier ein Glas trinken. Auf Kosten des Hauses natürlich, schließlich sind Sie Gäste aus der Großstadt."

„Wir sind zum Essen hier", antwortete Bourke mit amüsiertem Seitenblick zu Carol. „Und ich bin sicher, daß die Kommissarin und ich uns mit Freude danach auf einen Drink zu Ihnen gesellen."

„Allerdings nicht auf Kosten des Hauses", warf Carol ein. „Wir sind von Amts wegen hier, wie Sie bestimmt wissen."

Joycies langes Gesicht wurde ernst. „Tragisch, tragisch, daß Miltie Ryce auf diese Weise umgekommen ist."

„Miltie?" fragte Bourke. „Diese Verkürzung von Milton habe ich noch nie gehört."

„So nennen wir ihn hinter seinem Rücken. Er führt sich gern als Gutsherr auf, wissen Sie. Mit diesem kleinen Scherz holen wir ihn ein bißchen von seinem hohen Roß." Ihre Miene wurde noch ernster. „Aber das hätte ihm doch niemand gewünscht. So aus dem Himmel zu fallen. Schrecklich."

„Mr. Ryce war wohl nicht sehr beliebt?" schloß Carol.

Joycie blies die Backen auf. „Na, ich könnte Ihnen Dinge erzählen! Aber das sollte ich natürlich nicht. Ich will ja nicht klatschen."

Carol sah, wie Bourkes Lippen zuckten. Sie mußte sich selbst das Grinsen verbeißen. „Joycie", sagte sie, „darf ich ganz offen sein?"

Joycie hob die Hände vor die Brust. „O bitte, Kommissarin, sprechen Sie ganz offen."

„Wer die Polizei informiert, klatscht nicht. Wir sind sehr dankbar für alles, was uns bei den Ermittlungen weiterhilft."

Beruhigt strahlte Joycie. „Kommen Sie mit ins Büro. Da können wir ungestört reden."

Sie führte sie in ein enges Zimmerchen, das zur Hälfte mit einem alten Rolladenschreibtisch vollgestellt war. „Vaters", sagte sie, darauf deutend. „Ich brachte es nicht fertig, das Ding rauszuwerfen, nachdem er gestorben war. Es ist praktisch alles, was ich von ihm habe – abgesehen vom Gasthaus."

Sie bot Carol einen hochbeinigen Sessel an, ging hinaus und kam mit einem Stuhl für Bourke zurück. Dann setzte sie sich in ihren Schreibtischsessel, der aussah, als entstammte er der gleichen Zeit wie der Schreibtisch.

„Was können Sie uns erzählen?" kam Carol zur Sache.

Joycie ließ sich nicht zweimal bitten. Nach einem Exkurs, wie Milton Ryce das alte Anwesen der Carlisles gekauft, das vollkommen intakte historische Farmhaus abgerissen und ein absolut unnötiges neues Gebäude errichtet hatte, kam sie auf Umweltverschmutzung und Lärmbelästigung durch die Flüge zu sprechen.

„Auch wenn wir keinen Flugplatz haben, sind wir deshalb ja nicht hinterm Mond hier in Hash's Creek", erklärte sie. „Aber diese ständige Fallschirmspringerei und diese kleinen lärmenden Maschinen, die überall rumfliegen, sind einfach zuviel. Sie erschrecken die Viehherden, stören die Ruhe. Ich gebe dem Landrat die Schuld. Als mein Vater noch Bürgermeister war, wäre das nie passiert. Sie hätten nicht erlauben sollen, daß Miltie Ryce seinen Flugplatz baut. Und wenn sie denn schon eingeknickt sind, hätten sie zumindest das Rückgrat haben müssen, Einschränkungen zu verfügen. Doch es ist leider so, daß die Flugzeuge zu jeder Tages- und Nachtzeit landen können."

„Tatsächlich? Wir hatten den Eindruck, daß es nur gelegentliche Flüge gab", warf Bourke ein.

„Wer hat Ihnen denn das erzählt?"

„Mr. Ryces Pilot, Neville Bendix."

„Ach, *Nev*", sagte Joycie verächtlich. „Der aufgeblasene Hansel redet doch nur Miltie nach dem Mund. Loyalität in Ehren, nicht wahr? Aber Bendix ist wirklich extrem. Er hätte den Teufel verteidigt, wenn der Miltie Ryce geheißen hätte!"

★★★

In ihrem Zimmer, das spärlich möbliert, aber gemütlich war, rief Carol übers Mobiltelefon Inspektor Huffner zurück. Sie traute Joycie zu, das Hoteltelefon zu belauschen.

„Ich habe herumgefragt und Kymberly Watson aufgespürt", verkündete Huffner triumphierend. „Ich weiß, daß Sie draußen in Ryce Hall waren, aber als Sie mit Rae und Ted gesprochen haben, hat garantiert niemand herausgelassen, daß sie dort abgeschirmt wird." Er hielt inne, vielleicht erwartete er von Carol einen Ausdruck von Überraschung, dann fuhr er fort: „Dort ist Kymberly Watson nämlich. In Ryce Hall."

„Wir haben bereits mit ihr gesprochen. Mr. Frobisher sagte uns, daß sie dort ist."

„Oh." Huffner war ganz enttäuscht. „Ich hätte Ihnen gern die Befragung abgenommen."

„Vielen Dank für das Angebot, Inspektor. Aber in einer anderen Sache könnten Sie mir behilflich sein. Rae Ryce ist nicht nach Ryce Hall zurückgekehrt, wie sie gesagt hat. Haben Sie eine Ahnung, wo sie sein könnte?"

„Höchstwahrscheinlich ist Rae nach Sydney zurückgekehrt. Sie arbeitet nicht, wissen Sie, deshalb muß sie nicht um ihren Job fürchten. Sie macht einfach, was ihr gefällt."

Er sagte das derart abfällig, daß Carol fragte: „Sie billigen das nicht?"

Nach einer Pause erklärte er: „Das geht mich nichts an." Er räusperte sich. „Also, Kommissarin, Sie fragen, wo sie sein könnte. Wenn Rae noch hier ist, könnte sie bei den Clements sein. Dort ist sie oft. Soll ich das überprüfen?"

„Das ist nicht nötig, Inspektor. Ich wollte die Clements ohnehin anrufen und einen Termin ausmachen."

„Ich frage mich", sagte Huffner, „wie lange Sie in Hash's Creek zu bleiben gedenken. Wie mir scheint, sind die meisten Zeugen nach Sydney zurückgekehrt."

Carol grinste in sich hinein. Huffner mißfiel eindeutig, daß die Stadtpolizei in seinen Gewässern fischte.

„Ich fahre morgen in die Stadt zurück", sagte sie.

„Gut, gut." Dann ging ihm offensichtlich auf, daß man ihn falsch verstehen könnte, und er fügte hastig hinzu: „Ich meine, daß ich hier die Stellung halten kann."

„Kriminalinspektor Bourke wird in Hash's Creek bleiben, um noch eine paar lose Enden zusammenzuknüpfen."

„Lose Enden?"

„Wir brauchen eine richterliche Verfügung für eine Hausdurchsuchung bei Milton Ryce", sagte Carol. „Können Sie für morgen früh einen Richter auftreiben?"

Inspektor Huffner, dem es offensichtlich gar nicht paßte, daß Bourke in Hash's Creek blieb, versicherte Carol, er werde einen Richter wegen des Durchsuchungsbefehls kontaktieren, und legte auf.

Carol nahm den Telefonhörer ab und hörte Joycies beflissene Stimme: „Kann ich Ihnen helfen, Kommissarin?"

„Haben Sie die Nummer von Basil und Morris Clement?"

„Natürlich! Ich gebe sie Ihnen."

Nach einem kurzen Gespräch mit Basil Clement, um einen Termin für morgen früh zu vereinbaren, sagte Carol: „Ach, übrigens, Mr. Clement, ist zufällig Rae Ryce bei Ihnen?"

„Rae? Nein, tut mir leid. Ich würde Ihnen gern weiterhelfen, aber ich habe keine Spur von ihr gesehen. Sie hat viele Freunde. Könnte überall sein. Vielleicht in Sydney, zum Beispiel."

Nachdenklich legte Carol auf. Basil Clement hätte nicht so viele Worte machen müssen. Ein Nein hätte genügt.

Sie wollte gerade duschen, als ihr Mobiltelefon läutete. „Carol", sagte Tante Sarah, „du wirst für mich eine Party schmeißen."

„Ach ja?"

„Ja, wirst du, Schätzchen. Kling nicht so negativ. Schließlich bin ich deine einzige Tante, vergiß das nicht."

„Wie könnte ich das vergessen?"

Tante Sarah ignorierte Carols ironischen Ton. „Ich habe demnächst Geburtstag – das weißt du. Aber es gibt noch etwas anderes zu feiern."

Wenn sie mit Tante Sarah sprach, befiel Carol oft ein flaues Gefühl – so wie jetzt. „Was ist es?"

„Schätzchen, ich weiß, daß du dich mit mir freust. Ich

wurde zur Präsidentin der *Ökohexen für die Umwelt* gewählt. Es haben sich mehrere um diese Ehre beworben, aber am Ende hab' ich gewonnen. Ein Erdrutschsieg, genau gesagt."

„Herzlichen Glückwunsch."

„Und Carol, das passiert gerade an dem Punkt, da die Ökohexen international werden! Deine Tante wird Präsidentin einer weltweiten Ökobewegung älterer Frauen, deren Ziel die Rettung des Planeten ist. Stell dir vor!"

„Ich stelle es mir vor – mit einiger Bestürzung", sagte Carol. „Das bedeutet doch nicht etwa, daß du an unbekannte und exotische Orte reisen wirst, oder?"

„Absolut! Sowohl in die Staaten wie auch nach Europa. Und China, natürlich. China und Rußland – beide sind ökologisch die Hölle, weißt du."

Carol sah direkt vor sich, wie ihre Tante eine ihrer schrillen Demonstrationen anführte und in ein chinesisches Gefängnis abgeführt wurde. Sie hegte keinen Zweifel, daß Tante Sarah eine solche Einkerkerung als große Ehre ansah. „Mir schwant Böses –"

„Carol! Du mußt positiver denken. Was könnte wichtiger sein als die Bekämpfung globaler Erderwärmung? Rettung der Lungen von Babys in Shanghai? Vom gefährdeten Zustand der Weltmeere ganz zu schweigen. Und die wahllose Verwendung von Pestiziden? Auf Golfplätzen zum Beispiel."

Auf die hatte sie einen besonderen Haß, deshalb wechselte Carol hastig das Thema: „Soll diese Party in meinem oder in deinem Haus stattfinden?"

„In deinem, Schätzchen, wenn du nichts dagegen hast. Mein Haus in den Blue Mountains ist nicht groß genug. Und du hast diese wunderbaren Terrassen. Einfach ideal."

Die Antwort fürchtend, fragte Carol: „Und an wie viele Leute hattest du so gedacht?"

„Na ja, so einige..."

„Zwanzig? Vierzig? Gib mir eine Vorstellung."

„Die Ökohexen haben einen Werbeetat, der sich sehen lassen kann. Ich bin sicher, die Schatzmeisterin und der Vorstand werden eine großzügige Summe genehmigen. Schließlich wird es eine tolle Werbung für die Organisation."

„Oh, *Tantchen!*" sagte Carol. „Wie viele?"

„Könnte an die Hundert sein. Vielleicht auch mehr. Und die Medien natürlich."

„Tante Sarah, bei dieser Größenordnung wäre ein Saal besser geeignet, findest du nicht?"

Ihre Tante überhörte die hoffnungsvolle Frage. „Mir ist bewußt, Schätzchen, daß es ein Parkproblem geben wird, bei all den engen Wegen in deiner Gegend. Aber zum Glück bist du ja Polizistin und wirst das schon regeln..."

★★★

Beim Abendessen im Hotel erzählte sie dem glucksenden Bourke von dem Gespräch. „Tante Sarah", sagte er kopfschüttelnd. „Was für eine Frau! Ich würde mich ihr nicht in den Weg stellen. Sie würde mich niedermähen."

„Ich habe versucht, sie davon zu überzeugen, einen Saal mit professionellem Personal zu mieten. Aber nein. Sie besteht auf einer gemütlichen Atmosphäre. Gemütlich! Bei Horden von Fremden, die über das stille Seaforth hereinbrechen. Das hältst du im Kopf nicht aus."

Carols Haus, überragt von Eukalyptusbäumen, hatte eine herrliche Aussicht über Middle Harbour. Es stand am Rand der Klippen einer jäh zum Wasser abfallenden Steilküste. Es war Carols Elternhaus, das sie gründlich umgebaut hatte. Ein wundervoller Ort zum Leben: die breiten Holzterrassen, auf denen es sich im Sommer in der kühlen Brise aushalten ließ, und der Garten mit den einheimischen Pflanzen, ein Paradies für Schmetterlinge, Vögel und andere Tiere. Selbst die Gegenwart von Sinker, Carols schwarzweißem Kater, schreckte weder Possums noch die großen blauzüngigen Eidechsen, die in einer steinigen Ecke des Gartens wohnten.

„Wenn ihr erst bewußt wird, wieviel Arbeit das ist, ändert Tante Sarah vielleicht ihre Meinung und stimmt einem anderen Veranstaltungsort zu“, sagte Bourke.

„Hast du je erlebt, daß meine Tante ihre Meinung geändert hätte?“

Bourke lachte. „Eigentlich nicht“, gab er zu.

„Ich bin dazu verdammt“, sagte Carol.

★★★

Wie es sich für den Status als Nationalerbe gehörte, war die Bar des Hash's Creek Hotels in ihrer spartanischen Originalform restauriert – auch wenn der historische Ausschluß von Frauen an der Tränke nicht mehr eingehalten wurde.

Die Wände hatten eine Holztäfelung in Dunkelbraun. Poster von der Weinlese und Schilder längst vergessener alkoholischer Getränke waren die einzige zugestandene Dekoration. Die hohe Decke war weiß gekalkt. Der Fußboden war früher mit Sägemehl bedeckt, um vergossenes Bier aufzusaugen, jetzt sah man gescheuerte Holzdielen. Sitzplätze gab es nicht, deshalb holten sich die Herren ihre Getränke von der Theke und zogen sich dann mit ihren Gläsern in ihren Stehkonvent zurück.

Um die Bar zog sich kurz über dem Boden eine Messingreling, auf die der Gast seinen Fuß stellen konnte, während er die Aufmerksamkeit der Barfrau zu erhaschen suchte.

Hinter der Bar standen Flaschen mit bunten Etiketten auf dem Regal. Die vor Alter trübe Spiegelwand reflektierte verzerrte Spiegelbilder. Die Bierzapfhähne hatten Porzellangriffe. Eine antiquierte Kurbelkasse mit Messingtastatur und schimmernden Elfenbeineinlagen war zwar nicht mehr in Gebrauch, aber von archaischer Schönheit.

Auch am Sonntagabend war die Bar überfüllt. Lautstarke Unterhaltungen und gröhlendes Gelächter dröhnten von den Wänden zurück.

„Vielleicht möchten Sie lieber in die Ladies Lounge", übertönte Joycie das Getöse. „Da können Sie am Tisch sitzen, und es ist sehr viel ruhiger."

Bei ihren Worten sank der Lärmpegel beträchtlich, so daß ihre Stimme regelrecht gellte. Aller Augen richteten sich auf Carol und Bourke, die beide in Jeans erschienen waren. Nach einer Pause setzte der Lärm wieder ein.

„Hier in der Bar ist es nett", sagte Carol.

Joycie strahlte sie zufrieden an. „Dann überlasse ich Sie sich selbst." Sie fügte befriedigt hinzu: „Mächtig voll heute abend. Ich werde hinter der Theke gebraucht."

Während sie sich ihren Weg dorthin bahnte, begrüßte sie hier und dort einen Gast. Als sie mit einem großen dunkelhäutigen Mann sprach, deutete sie auf Carol. Der Mann nickte und musterte sie interessiert.

Carol und Bourke trennten sich, wie vereinbart. „Du bist auf dich selbst gestellt, Mark", sagte sie. „Laß dich auf keine Prügelei mit den Einheimischen ein."

„Du weißt doch, ich bin kein Schläger, wenn es losgeht, ruf ich dich zu Hilfe."

Mark Bourke war groß, breitschultrig und sehr fit. Er joggte zwar nicht jeden Morgen wie Carol, trainierte aber regelmäßig. Sie konnte sich keinen besseren Partner neben sich vorstellen, sollte ihr physische Gewalt drohen.

Während er sich einer Gruppe von Männern in mittleren Jahren zuwandte, kämpfte sie sich zur Theke durch. Eingekeilt zwischen zwei Männern stützte sie die Ellbogen auf die Bar, stellte in altehrwürdiger Manier den Fuß auf die Messingreling und musterte ihre Nachbarn.

Der Mann zu ihrer Linken, dickbäuchig und glatzköpfig, starrte düster in sein Glas. Er grunzte unverständlich vor sich hin, als sie ihn grüßte, und drehte ihr ostentativ den Rücken zu. Neben ihr holte eine Frau drei vollgeschenkte Bierkrüge ab und brachte sie ihren wartenden Freunden. Die Lücke füllte eine junge Frau mit verhärmten Zügen und entschlossenem Ausdruck. Sie hatte das unscheinbare Haar zu einem Pferdeschwanz nach hinten gerafft. „Kommissarin Ashton?"

Carol nickte. „Das bin ich."

Die junge Frau fischte in ihrer Schultertasche und beförderte Notizblock und Stift zutage. „Ich bin Yvonne Knight, Reporterin vom *Messenger.*"

„Journalistin?"

Yvonne lächelte zufrieden bei dieser Bezeichnung. „Es ist die größte Regionalzeitung in dieser Gegend, Kommissarin. Ich hoffe, Sie geben eine Erklärung ab bezüglich Ihrer Untersuchung des tragischen Todes von Milton Ryce."

„Keine Erklärung."

„Was ist mit einem Foto? Ich habe einen Fotoapparat draußen im Wagen."

Carol grinste über die Beharrlichkeit. „Kein Foto."

„Ich habe gehört, daß es kein Unfall war. Würden Sie dazu etwas sagen?"

„Ich fürchte nein."

Yvonne ließ die Schultern sinken. „Bummer", sagte sie, „mein Herausgeber, wird mich umbringen. Er sagt, ich muß mich festbeißen. Kein Nein akzeptieren." Sie blickte Carol flehentlich an. „Dies ist meine erste große Story."

„Ich nehme an, Sie wohnen hier in der Gegend", sagte Carol über Yvonnes traurigen Ausdruck amüsiert.

„Geboren und aufgewachsen in Hash's Creek", antwortete Yvonne. „Und ich habe nicht vor, mein Leben hier zu verbringen. Zuerst muß ich mir einen Namen machen, dann will ich mich bei einer Zeitung in der Großstadt bewerben."

„Vielleicht können wir ein Geschäft machen", sagte Carol. „Sie können morgen früh von Inspektor Bourke und mir ein

Foto machen, wenn wir beide entsprechend angezogen sind. Im Gegenzug hätte ich gern ein paar Informationen über diese Stadt und ihre Bewohner."

Yvonnes Gesicht leuchtete auf. „Abgemacht!"

„Nur eine Frage, bevor Sie gehen. Ich hörte von illegalen Drogen in Hash's Creek. Was ist hier zu haben?"

„Marihuana. Auf jeden Fall – größenteils selbstgezogen. Ziemlich viel Ecstacy, vor allem auf Parties. Die Jugendlichen stehen darauf."

Carol verkniff sich ein Lächeln. Yvonne zählte fast selbst noch dazu. „Und harter Stoff?" fragte sie.

„War früher nicht so üblich, aber seit Mr. Ryce und das Stadtvolk herkommen, gibt's das natürlich öfter. Kokain ja, Heroin weniger. In letzter Zeit vor allem Meth."

Carol wußte, daß die Herstellung von Methamphetamin ein einträgliches Geschäft war. Während es drei Monate dauerte, eine große Marihuanaernte einzufahren, konnte man in einer Garage an einem einzigen Wochenende Meth im Wert von einer Million Dollar zusammenbrauen. Außerdem war Marihuana schwer zu verstecken – Methlabors ließen sich in einem Wohnwagen überallhin transportieren.

„Aus hiesigen Labors?"

Yvonne bedauerte, mit dieser Information nicht dienen zu können. „Kommissarin, das weiß ich nicht. Leider." Ihr Gesicht erhellte sich. „Dies könnte eine *große* Story sein. Vielleicht eine, auf die die großen Blätter aufmerksam werden."

„Moment", wandte Carol ein, besorgt, die junge Reporterin könnte sich blindlings ins Unglück stürzen. „Wer immer mit der Herstellung solcher Drogen zu tun hat, ist gefährlich, Yvonne. Sehr gefährlich. Ich werde Sie an eine Beamtin vom Drogendezernat verweisen, die Ihnen Hintergrundinformationen gibt. Sie wird Ihnen klarmachen, wie gefährlich es ist, diese Verbrecher aufzuspüren."

Nachdem sie Yvonne noch einmal eingebleut hatte,

nichts zu unternehmen, bevor sie nicht gründlich informiert worden sei, verabredete sich Carol für den nächsten Morgen nach dem Frühstück mit ihr, und Yvonne wandte sich an die Gäste, um Stimmen zum Tod von Ryce einzufangen.

„Sie sind der Cop aus Sydney", sagte eine tiefe Baritonstimme. Es war der Mann, mit dem Joycie gesprochen hatte. Er war jünger, als Carol gedacht hatte, und recht attraktiv mit seiner dunklen Hautfarbe, den schwarzen Augen und dem dichten schwarzen Haar.

„Ich bin eine von zwei Cops aus Sydney", sagte sie.

„Ach, aber Sie sind Kommissarin. Die, die das Sagen hat." Beim Lächeln bemerkte sie die Lücke zwischen den oberen Schneidezähnen. Vage erinnerte sich Carol daran, irgendwo gelesen zu haben, daß dies auf Gutmütigkeit hindeutete.

Unvermittelt wurde ein volles Bierglas vor sie hingeknallt. „Auf Kosten des Hauses!" rief Joyce auf der anderen Seite der Bar. „Keine Widerrede."

„Und was ist mit mir, Joycie?" bezirzte sie der Mann mit der Zahnlücke lächelnd. „Verdiene ich nicht auch eins auf Kosten des Hauses?"

„Benimm dich, Stevie, oder ich rufe Frankie, damit er dich rauswirft." Sie deutete mit dem Kopf auf einen bulligen Kerl mit rundem Schädel, der das Bier zapfte.

Carol, die sich insgeheim über die Unsitte amüsierte, allen Namen ein ie anzuhängen, sagte: „Ich gebe Ihnen eins aus, Stevie, weil ich meins nicht bezahlen darf."

„He", sagte er. „Cool."

Joycie schnaubte, aber das Glas mit der bernsteinfarbenen Flüssigkeit kam sofort. Joycie winkte ab, als Carol ihr Geld zückte. „Man muß es sich nichts kosten lassen, Stevies Zunge zu lösen. Er ist imstande, einem Eisentopf den Henkel abzuschwatzen."

Stevies Adamsapfel zuckte, als er einen großen Schluck Bier trank. Er leckte sich die Lippen. „Was wollen Sie wissen,

Kommissarin? Wer die Leinen von Miltons Fallschirm gekappt hat?“

„Wer schwebt Ihnen da vor?“

„Mehrere. Sie müssen den Kreis der Verdächtigen schon selbst auf eine Person reduzieren.“ Er blickte sich verschwörerisch um.

Niemand schien Notiz von ihnen zu nehmen. „Ich glaube, es ist ungefährlich zu reden“, sagte Carol trocken.

Stevie grinste. „Ich hab’ nur geschaut, wer alles hier ist. Das letzte, was ich will, ist eine Verleumdungsklage.“

„Verleumdung? Dies ist ein Privatgespräch.“

„Das erzählen Sie mal dem verdammten Dr. Gilbert Edmundson“, schnaubte Stevie. „Er hat mal mitangehört, wie ich mich mit Kumpels über Rae unterhalten habe, und gedroht, mich vor den Kadi zu bringen. Er sagte, er hätte die Polizei in der Tasche und könnte mich ohne Probleme verhaften lassen. Dann würden seine Anwälte mir jeden Cent abknöpfen, den ich besitze.“ Er machte eine Pause, um das Gesagte einsinken zu lassen, und fügte hinzu: „Ich wollte ihm eine kleben, aber meine Kumpels hielten mich zurück.“

„Eine weise Entscheidung“, sagte Carol. „Sie wollen doch wohl keine Klage wegen tätlichen Angriffs riskieren.“

„Und Rae will seitdem nicht mehr mit mir reden.“

„Sie meinen Rae Ryce?“

„Klar. Sie ist ganz schön ausgeflippt.“

„Woher kennen Sie sie?“

„Jedesmal, wenn ihr Vater sie zwingt, herzukommen, stirbt sie förmlich vor Langeweile, sagt sie. Dann mischt sie gerne die Kneipe auf. Ich bin ihr zufällig letztes Jahr eines Abends begegnet, und eins fügte sich zum andern.“

„Drogen?“

Da erinnerte sich Stevie plötzlich, daß Carol Polizistin war. Konsterniert blickte er sie an. „He, daß das mal klar ist. *Ich* nicht. Ich steh’ nicht auf Drogen.“

6

Viel später an diesem Abend setzten sich Carol und Bourke in die leere Ladies Lounge, um ihre Notizen zu vergleichen. Joycie preschte mit einer großen Kanne Kaffee und aufgeschnittenem Zimtkuchen herein – „Falls Sie der kleine Hunger befällt“ – und ließ sie dann allein.

„Was hast du herausgekriegt?“ fragte Carol.

„Größtenteils das, was zu erwarten war. Ryce war gut für Hash's Creek. Ryce war schlecht für Hash's Creek. Offensichtlich hat er ganz allein dafür gesorgt, daß die Grund- und Bodenpreise explodierten. Nachdem Ryce sein Anwesen errichtet hatte, beschlossen andere Unternehmertypen, daß sie hier auch ein Landhaus wollten.“

„Einschließlich der Clement-Brüder.“

„Die Clement-Brüder genießen hier kein hohes Ansehen“, erwiderte Bourke und winkte mit erhobenem Finger. „Vor allem Basil. Sein Ruf war ihm vorausgeeilt, deshalb schien niemand überrascht, als von dubiosen Vorgängen in seinem Haus in den Hügeln berichtet wurde. Tatsächlich schienen sie es zu genießen, mir ausschweifende Orgien zu schildern, niedergefahrene Zäune, wüste Schlägereien von Besoffenen, Nacktbaden im Fluß...“

Es waren die Clement-Brüder, zu denen Ryce und Kymberly Watson am Samstag zum Lunch gehen wollten. Basil Clement war einst ein Golfspieler der Weltklasse gewesen, hatte zur internationalen Spitze der Preisgeldverdiener gehört, bis seine dauernden Parties sein Spiel beeinträchtigten. Nachdem er in der Platzierung katastrophal zurückgefallen war, gab er das Golfen auf und gab sich ganz seinem hedonistischen Lebensstil hin, sein Name und skandalöse Bilder füllten die Regenbogenpresse.

Basils älterer und stillerer Bruder Morris war sein Manager im Golfzirkus gewesen und hatte ihn zu jedem Turnier begleitet. Nach Basils sportlichem Rückzug war Morris mit seinem Bruder zusammengeblieben. Auf Fotos stand Morris oft am Rand und Basil füllte den Vordergrund aus.

„Ich habe auch ein paar Hinweise auf illegale Drogen erhalten", sagte Bourke, „aber die hätten nur mit diesem üblen Großstadtgesindel zu tun, wozu die Clements gehörten. Offenbar haben die Einwohner von Hash's Creek eine lupenreine Weste und nehmen nichts Härteres als Aspirin."

„Wurde Rae Ryce erwähnt?"

„Des öfteren, aber nicht mit dieser Abneigung wie ihr Vater. Ein paar ehrenwerten Bürgern des Ortes tat sie sogar leid. Einer sagte, es sei nicht verwunderlich gewesen, daß Rae so ausflippte, schließlich war Milton Ryce ihr Vater."

„Wurde Ryce im Zusammenhang mit Drogen erwähnt?"

Bourke schüttelte den Kopf. „Überhaupt nicht. Allgemein herrscht die Ansicht, daß Milton Ryce keine Ahnung hatte, mit was für einer Clique seine Tochter herumzog."

„Und sein Sohn Ted?" fragte Carol. „Ich konnte niemanden finden, der irgend etwas Nettes über ihn sagte."

„Das wundert mich nicht, nachdem Ted der Bürgermeisterin der Stadt einen Streich gespielt hat. Niemand außer Ted hat das lustig gefunden."

„Es war einfach unerhört!" Joycie war mit einer Kanne frischen Kaffees eingetreten und hatte Bourkes Bemerkung offensichtlich gehört.

Sie kam zum Tisch, tauschte energisch die Kannen aus, trat dann zurück und ereiferte sich: „Ich habe, weiß Gott, nicht viel übrig für Edith Costello. Als Bürgermeisterin ist sie meiner Meinung nach eine Katastrophe. Trotzdem war das kein Grund für den jungen Ryce, sie so reinzulegen."

„Waren Sie dabei, als es passierte?"

„Das war ich, Kommissarin. Ich war Augenzeugin." Ihr rotes Haar wirkte vor Wut noch greller. „Absolut unwürdig! Eine Schande! Soll ich es Ihnen schildern?"

„Bitte", sagte Carol.

Joycie stellte die Kaffeekanne hin und gestikulierte mit den Händen. „Natürlich war das inszeniert, aber in dem Moment wirkte es total echt. Ted Ryce" – sie spuckte den Namen aus – „veranlaßte seine Freunde aus der Stadt, ein junges Ehepaar zu spielen und mit dem Kinderwagen über die Hauptstraße zu spazieren. Ein anderer Freund lockte Edith unter einem Vorwand aus ihrem Rathaus. Ich weiß nicht, ob Sie's gesehen haben, es gibt einen Zebrastreifen davor."

„Haben wir gesehen", sagte Bourke zuvorkommend.

„Also! Auf einmal hört man das Baby im Wagen laut schreien, das Paar kümmert sich nicht drum und will die Straße am Zebrastreifen überqueren. Plötzlich schießt aus dem Nichts ein Auto heran, erfaßt den Kinderwagen, und das schreiende Baby wirbelt durch die Luft!"

Joycie machte eine Pause, damit Carol und Bourke sich die entsetzliche Szene vorstellen konnten, dann fuhr sie fort: „Das Auto raste weiter, das Baby krachte aufs Pflaster. Stille. Kein Weinen mehr. Das Paar stand einfach auf der Straße. Edith, die gesehen hatte, wie's passierte, schrie: ‚Das Kind! Das Kind!' und rannte buchstäblich im Kreis und fuchtelte mit den Armen. Sie ist wirklich eine *doofe* Person."

„Und weiter?" drängte Carol.

„Der Verkehr kam zum Erliegen. Alle standen da und starrten geschockt. Das Ehepaar ging zu dem Bündel bei dem zerquetschten Kinderwagen. Sie beugten sich über die kleine Gestalt. Die aufgelöste Edith riß sich zusammen und lief zu ihnen. Das Paar richtete sich auf, und die Frau sagte zu Edith: ‚Das Baby ist hin! Pech gehabt, was?' Mit offenem Mund starrte Edith sie an. ‚Aber es ist Ihr Kind!' kreischte sie.

Der Mann nahm den Arm der Frau. ‚Tja', sagte er, ‚es ist zwar lästig, aber jetzt müssen wir halt ein neues machen.' Da verlor Edith komplett die Fassung und kreischte: ‚Aber es ist Ihr Kind, ist es Ihnen egal?'"

„Was haben Sie getan, als das passierte?" fragte Carol.

„Ich?" sagte Joycie. „Ich habe über mein Handy Hilfe gerufen. Habe das getan, was Edith hätte tun sollen, wäre sie nicht so eine Idiotin. Natürlich wußte ich nicht, daß das Baby eine Puppe mit programmiertem Weinen war, deshalb rief ich den Notarzt und dann die Polizei an. Inspektor Huffner traf genau in dem Moment ein, als der gräßliche junge Ryce aus dem Wagen stieg, von wo aus er alles gefilmt hatte. Dieser Bastard hatte eine Großaufnahme von Ediths Gesicht in dem Moment, als sie merkte, daß sie einem Streich aufgesessen war und sich zum Narren gemacht hatte."

„Aber alle anderen waren doch genauso hereingelegt worden", sagte Bourke. „Sogar Sie, Joycie."

„Niemand hat sich so aufgeführt wie Edith Costello. Und wie vertrug sich das mit der Würde ihres Amtes? Da hatte sie völlig versagt. Schlimmer noch – als Ted Ryce den Film ins lokale Fernsehen brachte, damit alle hämisch lachen konnten, tat Edith gar nichts. Es war ihr zu peinlich. Ich? Ich hätte das kleine Schwein verklagt, daß es nur so kracht." Dann fügte Joycie im Ton stiller Genugtuung hinzu: „Edith wird in dieser Stadt nicht wieder Bürgermeisterin."

„Hat dieses Ereignis irgendeine Strafe nach sich gezogen?" fragte Carol.

Joycies Gesicht verfinsterte sich. „Das hätte es sollen – zumindest wegen groben Unfugs, hätte ich gedacht. Aber das hat man Inspektor Huffner ausgeredet." Düster fügte sie hinzu: „Das könnten Sie vielleicht untersuchen, Kommissarin Ashton. Klingt mir ganz nach Polizeibestechung."

„Vielen Dank für Ihre detaillierte Schilderung", sagte Carol. „Wir werden der Sache nachgehen."

Carol dachte, daß Inspektor Huffner mehr zu befürchten hatte, aber sie merkte sich den Punkt für ihren Bericht.

Joycies Blick schweifte prüfend über den Tisch. „Sie haben frischen Kaffee, oder hätten Sie lieber Tee? Und wie wär's mit einem getoasteten Käsesandwich?"

Carol sah Bourkes gierigen Blick. Seine Frau Pat mißbilligte solcherart „Junkfood", so lebte er zu Hause gesund. Es war ein ständiger Scherz im Büro, daß Bourke nicht mit Geld zu bestechen war – Verbrecher mußten es schon mit einem Hamburger versuchen.

„Inspektor Bourke hätte sehr gern ein Käsesandwich", sagte Carol, „für mich nichts, danke."

„Mit Kartoffelchips, Inspektor?"

Carol grinste, als Bourke zögerte. „Also ja", sagte sie zu Joycie. „Er möchte es mit allem Drum und Dran."

★★★

Müde ging Carol ins Bett. Es war ein langer Tag gewesen, Bourke hatte sie frühmorgens in Seaforth abgeholt, um nach Hash's Creek zu fahren. Die Wettervorhersage hatte für die Küstenregion schönes, warmes Wetter versprochen, und Carol hatte sich auf einen gemütlichen Sonntag im Garten gefreut. Milton Ryces plötzlicher Sturz auf die ländliche Weide hatte diesen Gedanken zunichte gemacht. Und statt der angenehmen Wärme in Sydney hatte sie es mit der brütenden Hitze im Landesinneren zu tun.

So erschöpft sie war, konnte sie doch nicht einschlafen. Die Logistik einer Party für Tante Sarah ging ihr im Kopf herum, sie seufzte. Dann verdrängte sie resolut den Gedanken und begann von Hundert rückwärts zu zählen. Dann von Fünfhundert. Das Bett war nicht besonders bequem, und sie veränderte zum x-ten Mal ihre Lage. Gerade als sie glaubte, keinen Schlaf mehr zu finden, schlief sie ein.

Vielleicht weil Tante Sarah von den großen Terrassen ihres Hauses gesprochen hatte, träumte Carol von ihrem Haus. Es sah aus wie früher, vor dem Umbau.

Es war ein stiller, sonniger Morgen. Carol stand vor der Haustür. Verblüfft starrte sie auf die Waffe in ihrer Hand. Sie konnte die Bienen in den Blumen summen hören, etwas Blaues leuchtete – ein Zaunkönig baute ein Nest im Gebüsch.

Irgend etwas Schreckliches war im Haus.

Carol sah sich durch die Tür schlüpfen. „Komm rein", sagte eine Männerstimmet. „Du kommst gerade rechtzeitig, um Sybil sterben zu sehen. Und das ist allein deine Schuld."

Wie das in Träumen ist, gingen Zeit und Raum durcheinander. Plötzlich war Carol in ihrem Wohnzimmer. Wie durch das falsche Ende eines Teleskops sah sie Sybils Gestalt zusammengesunken auf einem bunten Läufer liegen. Ihre Handgelenke waren gefesselt. Durch ihr aschfahles Gesicht wirkte ihr Haar noch röter. Mund und Kiefer waren verschwollen und blutunterlaufen.

„Sybil stirbt gerade", sagte die Männerstimme. „Sie hat sich heftig gewehrt, aber ich habe sie gewürgt, bis sie nach Luft schnappte, da habe ich's ihr eingeflößt."

Im Traum mußte Carol nicht fragen, was er Sybil eingeflößt hatte – es war die halluzinogene Partydroge GHB, die in großer Dosierung tödlich war. Eine überwältigende Verzweiflung befiel Carol. Die Droge würde Sybil zerstören, Zelle um Zelle, während sich Alpträume hinter ihren geschlossenen Augen abspielten.

„Warum?" wandte sich Carol an ihren lächelnden Peiniger. Sie kannte sein Gesicht, wußte, wer er war, aber konnte sich nicht an seinen Namen erinnern. „Warum Sybil?"

„Deinetwegen. Du hast mich dazu getrieben. Es ist alles deine Schuld."

Zähneknirschend vor Anstrengung hob sie die Pistole hoch. Bleischwer zitterte sie in ihrer Hand.

„Du kannst mich nicht töten", sagte er lachend, die Zähne in seinem Mund wurden größer und größer – wie Grabsteine. Carol feuerte wieder und wieder, die Pistole in ihrer Hand tanzte, als sei sie lebendig. Die Zähne stürzten zu einem Steinhaufen zusammen. Das Gelächter brach ab.

Dann erst riskierte Carol mit einem schrecklichen Kloß im Hals einen Blick zu Sybil. Sie lag da wie zuvor, ohne Bewußtsein. Dann schlug sie abrupt die Augen auf und starrte zu Carol hoch. Blut quoll aus ihrer Brust, ihrem Mund, ihrer Nase. „Sieh, was du mir angetan hast, Carol", sagte sie. „Du hast mich getötet."

Da erwachte Carol. Die Worte gellten in ihren Ohren. Sie setzte sich in der Dunkelheit auf, tastete nach der Nachttischlampe und blinzelte ins Licht, als die prosaische Wirklichkeit des Hotelzimmers sie tröstlich umfing.

Ihr Alptraum war eine Version der Realität. Es war zwar nicht ganz genau so passiert, trotzdem war es tatsächlich in gewissem Sinn Carols Schuld. Sie hatte etwas übersehen, ein Anzeichen, daß Sybil in Gefahr sein könnte, und daß sie das übersehen hatte, würde ihr auf ewig Schuldgefühle bereiten.

Sybil war nicht gestorben... Doch ihre Beziehung, die sie gerade wieder begonnen hatten, hatte eine langsam blutende fatale Wunde erlitten.

Seit diesem Ereignis waren Carol und Sybil mehrmals zusammengekommen und hatten sich wieder getrennt. Schließlich waren beide eine andere Beziehung eingegangen.

Carol mußte sich eingestehen, daß der Knackpunkt zwischen ihnen Carols Weigerung war, ihr Haus aufzugeben. Von dem Angriff auf sie traumatisiert, hatte Sybil gesagt, sie könne nie wieder in Carols Haus zurückkehren und dort mit ihr leben. Wegzuziehen war für Carol undenkbar, und so hatte sie gesagt: „Ich werde es umbauen", und das hatte sie getan, es so umbauen lassen, daß das Zimmer, in dem Sybil attackiert worden war, nicht mehr erkennbar war.

Der Kompromiß war fehlgeschlagen. Auch in der Therapie überwand Sybil ihr Grausen nicht. Selbst die Möglichkeit, Sybil zu verlieren, änderte nichts an Carols Entschluß, in ihrem geliebten Haus zu bleiben.

Als der Alptraum schließlich verschwunden war, löschte Carol das Licht und legte sich wieder hin. Sie schob sich die Arme unter den Kopf und starrte in die Dunkelheit. Warum war dieses Haus in Seaforth so wichtig für sie? In der Vergangenheit hatte sie sich geweigert, Sybils wegen fortzuziehen. In der Gegenwart hatte ihr Haus eine Rolle gespielt bei der Entscheidung, Leota nicht in die Staaten zu folgen.

Carol wußte, daß sie zwei entscheidende Faktoren, die sie in Australien festhielten, rationalisierte – ihren Sohn und ihren Job. Jetzt gestand sie sich ein, daß auch ihr Haus ein Anker war, den sie vielleicht niemals loslassen würde.

7

Montagmorgen frühstückten Carol und Bourke im Frühstücksraum. Andere Gäste starrten sie neugierig an, aber nur eine dezente Bedienung näherte sich ihrem Tisch, bis Joycie durch die Tür segelte.

Sofort richteten sich alle Augen auf sie, als ihre Trompetenstimme dröhnte: „Kommissarin! Ich rate Ihnen, nicht den Vordereingang zu benutzen. Die Fernsehleute stehen da und weiß Gott wer sonst noch alles. Ich habe ihnen den Eintritt untersagt, deshalb liegen sie draußen auf der Lauer."

Bourke sagte zu Carol: „Ich denke, ein Wort hat genügt, die Medien aufzuscheuchen, und das Wort heißt Mord."

Joycie winkte nachdrücklich hinter sich in den Flur. „Komm schon, Yvonne. Nicht so schüchtern." Dann erklärte sie Carol und Bourke: „Ich kenne Yvonne seit ihrer Kindheit. Sie sagt, sie hat ein Interview mit Ihnen, deshalb habe ich sie reingelassen."

Alle Augen richteten sich auf Yvonne Knight, die sich lässig zu geben versuchte, was ihr ziemlich mißlang, da sie über den Kokosteppich stolperte und ihr Notizbuch hinfiel.

„Entschuldigen Sie", sagte sie mit rotem Gesicht. „Ich habe Joycie gefragt, ob ich mich zu Ihnen setzen könnte, weil es hoffnungslos wäre, Sie draußen zu erwischen."

Bourke erhob sich und bot ihr galant einen Stuhl. „Trinken Sie Kaffee mit uns. Oder Tee, wenn Sie mögen."

Yvonne glitt auf den Stuhl. Während sie Kamera und Notizbuch auf den Tisch legte, fragte sie: „Haben Sie heute morgen ferngesehen? War das nicht kraß, mitanzusehen, wie Mr. Ryce vom Himmel fiel und auf die Erde stürzte? Diese Geschichte wird Hash's Creek bekannt machen. Mein Herausgeber hat schon mit einer Großstadtzeitung gesprochen." Sie blickte Carol hoffnungsvoll an. „Ich werde als Mitverfasserin genannt, wenn ich etwas Gutes herauskriege."

„Ich habe heute morgen nicht ferngesehen", sagte Carol. „Was haben Sie gesehen?"

„Sie zeigten es in Zeitlupe, was es noch schlimmer machte... Mr. Ryce fiel vom Himmel und stürzte zu Boden."

Carol hatte Camcorder und DVD aus Sicherheitsgründen sofort per Kurier nach Sydney ins Labor geschickt. Somit war klar, daß von Ryces tödlichem Sprung eine Kopie gezogen worden war, bevor man ihr den Camcorder ausgehändigt hatte. „Wurde gesagt, woher die Aufnahmen stammen?"

Yvonne schüttelte den Kopf. „Aber ich weiß, woher."

„Larry Frobisher", sagte Bourke.

„Falsch", erklärte Yvonne selbstgefällig. „Ted Ryce. Es sollte zwar geheimgehalten werden, aber ich habe gehört, er hätte sie für eine Riesensumme an einen Fernsehsender verkauft."

★★★

„Ich hätte ja auf Frobisher gewettet, wenn's um etwas so Mieses geht, wie an jemandes Tod zu verdienen, aber daß Ted Ryce das bei seinem eigenen Vater tut..." Bourke schüttelte den Kopf.

„Und ausgerechnet der hat die Chuzpe, uns zu belehren, ein Polizist könnte es an die Medien verhökern", sagte Carol.

„Wie der Vater so der Sohn", erklärte Bourke. „Ich habe das Gefühl, daß es Milton Ryce durchaus recht wäre. In der Situation hätte er sich vermutlich auch so verhalten."

Sie saßen jetzt im Wagen, nachdem Yvonne ein Foto von ihnen gemacht hatte, und warteten darauf, daß Joycie das Hoftor des Parkplatzes auf der Rückseite des Hotels aufschloß. Als sie winkte, fuhr Bourke heran und öffnete das Autofenster, an das sie klopfte.

„Rechts runter", flüsterte sie, als könnten die Medienleute am Vordereingang mithören, „geradeaus bis zur T-Kreuzung. Dort nach links. Dann kommen Sie zur Main Street. Okay?"

„Vielen Dank, Joycie."

„Sie haben meinen Plan, wie Sie zu Basil Clements Haus kommen?"

„Ja, nochmals danke, Joycie."

Sie gab dem Auto einen Klaps. „Dann los!"

„Diese Joycie hat was", bemerkte Bourke, dem beschriebenen Weg folgend.

„Ich glaube, sie mag dich", sagte Carol grinsend, als sie in die Main Street bogen.

Der nächste kommerzielle Flughafen lag etwa fünfzig Kilometer von Hash's Creek entfernt. Carol hatte einen Rückflug nach Sydney gebucht, um den Wagen Bourke zu lassen, der noch verschiedene Spuren verfolgte.

Ihr Flug ging um eins, somit blieb genug Zeit für die Befragung der Brüder Clement. Bourke unterdrückte ein Gähnen, während sie durch die Hauptstraße fuhren, die entschieden belebter war als bei ihrer Ankunft gestern.

„Wie hast du geschlafen?" erkundigte er sich. „Ich habe definitiv zuviel Kaffee getrunken und kein Auge zugemacht."

„Ich habe geschlafen, aber nicht besonders gut", sagte Carol. Einen Moment lang war sie versucht, Bourke von ihrem Alptraum zu erzählen. Statt dessen erklärte sie: „Vielleicht weil ich den Verdacht habe, Tante Sarah könnte die Gästeliste für die Party ins Unendliche verlängern."

„Tja, das sähe ihr ähnlich."

„Danke, Mark. Das ist echt beruhigend."

Er blickte sie liebevoll an. „Wie lange arbeiten wir schon zusammen?"

„Frag mich nicht."

Sie dachte an die vielen Jahre, die sie Kollegen waren, und die vielen Fälle, die sie miteinander gelöst hatten. Besorgt, daß sich alles zwischen ihnen ändern könnte, sagte sie: „Daß meine Beförderung zur Hauptkommissarin wirklich durchgeht, steht noch nicht fest, weißt du."

„Die ist im Sack. Hat ja auch lange genug gedauert."

„Das kannst du wohl sagen."

„Pat kritisiert meinen Mangel an Ehrgeiz", sagte er mit traurigem Grinsen. „Ich erkläre ihr, daß ich ganz zufrieden bin. Sie sagt, das stimmt nicht. Um des häuslichen Friedens willen muß ich ihr natürlich recht geben."

„Na klar", sagte Carol. „Du armer Pantoffelheld."

Auf den ersten Blick wirkten Mark Bourke und Pat James nicht wie das ideale Paar, Pat steckte tief in der Kunstwelt, und Mark war ein sehr gewissenhafter Kriminalist, dennoch war ihre Ehe eine der stabilsten, die Carol je gekannt hatte. Sie mochte Pat sehr, deren tatkräftige, überschäumende Art hatte etwas Ansteckendes.

Sie plauderten über Mark Bourkes Stolz und Freude, seine kleine Tochter, dann kamen sie auf den aktuellen Fall zu sprechen. Die Herstellerfirma des Ryce'schen Tresors hatte tatsächlich eine Filiale in der Region und würde am Nachmittag einen Spezialisten zum Öffnen des Safes nach Hash's Creek schicken.

Das Fallschirmgepäck, das bei dem tödlichen Sprung am Samstag benutzt worden war, war Experten der Air Force übergeben worden. Carol hegte keinen Zweifel, daß sie zum gleichen Schluß gelangten wie der Gutachter vom Fallschirmspringerverband, nämlich daß Milton Ryces Ausrüstung manipuliert worden war. Sie war auch sicher, daß Ted Ryces Geschichte, sein Vater hätte sich an Verity Stuarts Fallschirm zu schaffen gemacht, bestätigt werden würde.

„Mark, kümmere dich um den Verkehr auf dem Flugplatz von Ryce. Joycie behauptet, daß es dort hoch hergeht, während Bendix uns glauben läßt, es kämen nur gelegentlich Gäste. Ich werde Anne darauf ansetzen, die Flugpläne der letzten sechs Monate zu überprüfen."

„Okay, Carol. Ich werde herumfragen und auch Rae Ryces gesellschaftlichen Aktivitäten nachgehen."

„Und Inspektor Huffner", sagte Carol. „Ich glaube, den sollten wir uns noch mal genauer ansehen."

„Heute morgen in den Nachrichten klang er ganz schön aufgeblasen", bemerkte Bourke.

Nachdem sie Yvonne für das Foto posiert hatten, hatte Joycie sie in ihr privates Wohnzimmer vor den Fernseher bugsiert, so daß sie die Nachrichten sehen konnten, ehe sie das Hotel verließen. Auf allen Kanälen war der verdächtige Tod von Milton Ryce der Aufmacher gewesen.

„Das sind Sie, Kommissarin", rief Joycie, als Carol kurz auf dem Bildschirm erschien. „Und da ist mein Hotel! Und das Rathaus. Ist ja toll!" Sie eilte zur Tür und rief über die Schulter: „Ich muß Sie leider allein lassen, aber ich muß jetzt unbedingt das Fremdenverkehrsamt anrufen, damit die die unverhoffte Publicity ausschlachten können."

Der Fernsehsender, der „Ryces Todessprung“, wie sie es nannten, erworben hatte, ließ den Film natürlich mehrmals in voller Länge laufen, wozu auch noch eine schockierte Stimme aus dem Off völlig unnötige Kommentare abgab. Milton Ryce erschien als kleiner Punkt am Himmel, dann wuchs sich der Punkt mit erschreckender Rasanz zu einem menschlichen Wesen aus, das auf die Erde zustürzte.

Andere Sender, denen dieses sensationelle Filmmaterial nicht zur Verfügung stand, hatten sich auf Interviews mit Sergeant Huffner konzentriert – der sich bei jeder Frage gewichtig aufblies – und auf Familienmitglieder, Geschäftsfreunde und auch ein paar der Opfer Ryce'scher Streiche, die gewillt waren, vor die Kamera zu treten.

Mit Teleobjektiven waren Fotos von Ted Ryce vor Ryce Hall geschossen worden, in der Regenbogenpresse standen Fotos von Deanna Ryce auf einer Wohltätigkeitsveranstaltung und vor dem Anwesen der Ryces in Sydney, wo die Witwe „zurückgezogen trauerte“.

„Wo ist Rae Ryce?“ forschte ein glatter junger Moderator. Ein Standfoto auf dem Bildschirm zeigte eine feindselig in die Kamera blickende Rae. „Rae ist die einzige Tochter von Milton Ryce, der am Samstag beim Fallschirmspringen ums Leben kam, sein tödlicher Unfall ist Gegenstand einer Untersuchung...“

Die Kamera schwenkte wieder auf den Moderator, der vielsagend hinzufügte: „Der gegenwärtige Aufenthaltsort von Rae Ryce ist unbekannt. Sobald wir die tiefbetroffene Tochter aufgespürt haben, bringen wir ein Interview mit ihr.“

Bourke hatte zynisch bemerkt: „Das ist ja schließlich die Hauptrolle eines Journalisten, tiefbetroffene Anverwandte mit der Frage zu konfrontieren: ‚Wie geht es Ihnen damit?‘“

„Ob Rae Ryce tief betroffen ist, wissen wir nicht.“

„Geld lindert den Schmerz, meinst du?“ fragte Bourke sarkastisch.

„So in der Art“, antwortete Carol. „‚Folge der Spur des Geldes‘ ist in Fällen wie diesem gar keine schlechte Idee.“

„Ryce wurde von allen gehaßt, insofern ist Abkassieren vielleicht nicht das Hauptmotiv. Jeder, der für ihn oder mit ihm gearbeitet, Menschen, die er durch seine ausgefuchsten Streiche gedemütigt hat... Die Liste der Verdächtigen wird mit jeder Minute länger.“

„Trotzdem“, sagte Carol, „weißt du so gut wie ich, daß es meist die Nächsten und Liebsten sind.“

„Larry Frobisher könnte durchaus in Frage kommen. Offenbar hing er an Ryce wie eine Klette.“

Carol hatte über Bourkes giftigen Ton gelacht. „Du magst ihn wirklich nicht, oder?“

„Verabscheuen trifft es eher.“ Und grinsend hatte Bourke hinzugefügt: „Was nicht heißt, daß ich bei seiner Befragung nicht total fair und unvoreingenommen sein werde.“

★★★

DAS CLEMENT-ANWESEN stand auf einem polierten Messingschild an einem der beiden kannelierten Pfeiler, auf denen zwei steinerne Löwen thronten und den Eingang bewachten. Ein schweres Eisentor versperrte den Weg. Am Straßenrand parkte bereits ein Ü-Wagen vom Fernsehen, ein paar Leute redeten auf einen grauuniformierten Mann ein, der den Gleichmut eines Ochsen bewies.

Er ließ die Leute stehen und kam zu Carols und Bourkes Wagen. „Kommissarin Ashton? Sie werden erwartet. Ich lasse Sie durch.“

Das Fernsehteam wurde lebendig. Ein Kameramann schwang sich seine Kamera auf die Schulter. Ein Reporter im Anzug setzte sich von den anderen in Jeans ab und eilte mit dem Mikrofon in der Hand auf sie zu, der Tonmann folgte ihm auf dem Fuß.

Der Pförtner setzte das Tor in Bewegung. Bevor sie hindurchfuhren, sagte Bourke auf Carols Geheiß: „Ach, Kollege, noch eine Frage."

„Der Polizei gern zu Diensten", antwortete der Pförtner reserviert.

„Rae Ryce? Ich schätze, Sie kennen sie?"

„Klar. Sie kommt oft zu Besuch."

„War sie letzte Nacht hier?"

Der Mann nickte bedächtig. „War sie, aber jetzt ist sie weg."

„Wann ist Ms. Ryce gestern gekommen?"

Er zuckte die Achseln. „Weiß nicht genau. Am späten Nachmittag, gegen sechs, halb sieben."

„Und wann ist sie heute morgen weggefahren?"

Der Pförtner verzog das Gesicht. „Holte mich aus dem Bett, um das Tor zu öffnen. Gegen halb sechs, glaube ich."

Der Reporter trat heran. „Kommissarin Ashton! Eine Frage!"

„Verschwinden Sie", sagte der Pförtner. „Privatgelände."

Bourke rollte durchs Tor und ließ den gestikulierenden Reporter hinter sich. „Sie werden noch da sein, wenn wir wieder fahren. Wie diese Medienleute ihren Job erledigen, ist mir schleierhaft. Ich würde verrückt, wenn ich stundenlang warten müßte in der Hoffnung, daß Nennenswertes passiert oder jemand kommt. Dafür muß man ein sehr geduldiger Draufgänger sein."

„Das hier ist ja harmlos, verglichen mit Sydney." Carol hatte oft mit prominenten Fällen im Rampenlicht gestanden, trotzdem staunte sie immer wieder über die entschlossenen, hartnäckigen Medienleute, die Geschichten mit der Zähigkeit einer Bulldogge verfolgten und ein Nein nicht akzeptierten.

Die geschwungene Auffahrt öffnete sich auf eine riesige, blendend weiße italienische Villa. Auf den Balustraden des dreistöckigen Gebäudes thronten weiße Amphoren, aus denen sich eine Blütenpracht ergoß. Rund ums Haus ächzten Veranden unter der Last dekorativer Weinreben.

Eine Hälfte der Doppeltür öffnete sich, und Basil Clement kam heraus, um sie zu begrüßen. Er trug ein frisches weißes Hemd, maßgeschneiderte Hose und dazu zweifellos sündteure Lederslipper. Aufgrund des ständigen Presserummels, der früher um ihn gemacht worden war, war Carol das gebräunte Gesicht vertraut, doch jetzt im gnadenlosen Sonnenlicht sah er viel älter aus, als sie erwartet hatte. Er hatte Krähenfüße um die Augen und tiefe Falten am Mund. Als Golfprofi war er schlank und athletisch gewesen, doch das süße Leben, in das er sich nach seiner aktiven Sportkarriere gestürzt hatte, zeigte sich in Bauchansatz und runderem Gesicht. Beim Näherkommen sah Carol die geplatzten Äderchen in seiner Nase, an denen man schwere Trinker erkennt.

„Kommissarin Ashton“, sagte er breit lächelnd und streckte die Hand aus. „Willkommen in meiner Villa.“

Carol stellte Bourke vor, und Clement schüttelte auch ihm die Hand. Dann schwenkte er den Arm und deutete auf das Gebäude. „Nun, wie finden Sie das?“

Bourke schwieg diplomatisch. „Imposant“, sagte Carol.

Clement grunzte befriedigt. „Ganz allein mein Entwurf, innen wie außen. Und das Gelände drumrum natürlich auch. Ein Architekt machte die Pläne nach meinen Angaben. Was Sie vor sich sehen, ist alles mein Werk. Oft habe ich gedacht, schade, daß ich nicht Architekt geworden bin. Ich glaube, ich hätte eine Menge zu bieten gehabt.“

Carol nickte höflich. Das bestärkte Basil Clement darin, fortzufahren. „Ich baue gerade ein tolles Haus in Sydney mit Blick über Palm Beach. Ich habe jedes einzelne Detail selbst entworfen und den Architekten beauftragt, von allem nur das Beste zu verwenden, egal was es kostet. Panoramafenster, phantastischer Blick aufs Meer und den Leuchtturm von Barrenjoey. Kennen Sie die Gegend? Traumhaft, nicht wahr?“

In die Sonne blinzelnd, die von den Mauern der Villa reflektiert wurde, fragte Bourke: „Ist das Haus im gleichen Stil?“

„Nein, ganz und gar nicht. Eine Villa reicht. Ich hoffe, es klingt nicht zu arrogant, wenn ich sage, ich erfinde gerade meinen ganz eigenen Stil, wie Frank Lloyd Wright. Mein Haus wird individuell und unverkennbar Basil Clement werden."

„Wir haben ein paar Fragen an Sie, Mr. Clement", sagte Carol in bestimmtem Ton.

„Natürlich, natürlich. Kommen Sie herein. Und nennen Sie mich Basil. Ich lege keinen Wert auf Förmlichkeit, wie Sie vielleicht wissen."

Ein kühler Schwall klimatisierter Luft schlug ihnen beim Eintritt entgegen. Im Gegensatz zu draußen war es fast zu kalt, und Carol bedauerte, eine kurzärmlige Bluse angezogen zu haben.

„Morris steckt auch irgendwo. Er wird Sie bestimmt gern begrüßen", sagte Clement und dirigierte sie in einen riesigen Raum mit Stuckdecke. Eine gigantische verspiegelte Bar nahm die eine Seite ein. Die Wand gegenüber war aus Glas und ging auf einen üppigen grünen Farnengarten hinaus. Überall gab es Sitzgruppen um niedrige Tische, auf denen kleine Nachbildungen berühmter Skulpturen standen. Ein in der Mitte eingelassener Teich enthielt einen Schwarm Koifische in leuchtendem Orange, die auf ihre Seite geschwommen kamen, als wollten sie sie begrüßen.

„Meine Babys", sagte Clement lächelnd. „Sind sie nicht wunderschön? Sie lieben mich. Die Menschen wissen gar nicht, daß Fische Zuneigung empfinden können." Er sah Carol forschend an. „Wußten Sie das, Kommissarin?"

„Ich muß gestehen, noch nie davon gehört zu haben."

„Aber es ist wahr. Sehen Sie, wie sie zu mir kommen?"

Unbeeindruckt erklärte Bourke: „Könnte es damit zu tun haben, daß die Fische Futter erwarten?"

Clement würdigte ihn keiner Antwort. „Vielleicht hätten Sie gern eine Erfrischung?" fragte er Carol.

„Sehr freundlich, Mr. Clement, aber das ist nicht nötig."

Er deutete auf eine Sitzgruppe am Fischteich. „Setzen wir uns hierher."

Sobald sie Platz genommen hatten, zog Bourke sein Notizbuch hervor. Basil Clement nahm ein kleines Aufnahmegerät aus seiner Tasche. „Ich hoffe, Sie haben nichts dagegen, Kommissarin, aber ich nehme alle Interviews auf. Ich habe im Lauf der Jahre herausgefunden, daß es die einzige Art ist, mich zu schützen. Ich lasse die Gespräche abtippen und archivieren."

„Vielleicht würden Sie mir eine Kopie zukommen lassen?"

Clement schien überrascht, dann amüsiert. „Aber gern."

„Als ich Sie gestern angerufen habe, Mr. Clement", begann Carol, „habe ich Sie nach dem Verbleib von Rae Ryce gefragt. Sie behaupteten, nicht zu wissen, wo sie sich aufhielt. Uns ist zu Ohren gekommen, daß Ms. Ryce hier war. Sie verbrachte hier die Nacht und ist heute früh weggefahren. Ich wüßte gern, warum Sie es für notwendig hielten, mich anzulügen."

„Lügen, Kommissarin? Das ist ein bißchen stark." Er rang sich ein charmantes Lächeln ab. „Ich war vielleicht überfürsorglich."

Carols Ausdruck blieb ernst. „Es ist eine schwerwiegende Sache, die Polizei anzulügen."

Er hob die Hände. „Glauben Sie mir, Kommissarin, normalerweise hätte ich jede Frage wahrheitsgemäß beantwortet, aber Rae ist quasi ein verwundetes Seelchen, wissen Sie. Hätte ich Ihnen gesagt, daß sie hier ist, hätte sie mir das kaum verziehen."

Nachsichtig fuhr er fort: „Wir sind manchmal so etwas wie eine Zuflucht für Rae. Sie ist ein impulsives Kind und redet ohne nachzudenken. Sie hat oft Konflikte mit ihrem Vater oder, offen gesagt, mit jeder Autoritätsfigur. Jedenfalls weiß Rae, daß sie bei uns jederzeit willkommen ist."

„Sie wissen, wohin sie gefahren ist?" fragte Carol.

„Zurück nach Sydney. Sie hat ein kleines Haus in Glebe, nahe der Sydney University. Ein Geschenk von Milton zu Raes einundzwanzigstem Geburtstag. Ich werde Ihnen die Adresse geben, falls Sie sie noch nicht haben."

„Was ist mit ihrem Bruder Ted?" fragte Bourke. „Haben Sie auch mit ihm zu tun?"

Basil Clement feixte fast. „So wenig wie möglich. Dieses Ekelpaket. Ich vermute, das war sein Werk heute morgen in den Nachrichten. Huffner hat mir erzählt, daß Ted den Tod seines Vaters gefilmt hat."

„Sie kennen Inspektor Huffner?" fragte Bourke.

„Natürlich. Wir sind hier auf dem Land. Da lernt man jeden auf eine Weise kennen, wie es in der Großstadt niemals der Fall wäre. Das macht zum Teil den Charme von Hash's Creek aus."

„Kennen Sie auch Larry Frobisher?" fragte Bourke.

„Das kann man wohl sagen! Schließlich habe ich den Zwerg jahrelang mit Stoff zum Klatschen versorgt."

„Mr. Frobisher hat Sie dafür bezahlt?"

Basils Grinsen erstarb. „Natürlich nicht", sagte er kalt. „Das sind Sachen über *mich*." Dann fügte er fröhlich hinzu: „Wenn ich es so sagen darf – die Öffentlichkeit interessiert mein Kommen und Gehen offenbar. Der Lawrence Frobisher-Report enthält aktuelle Meldungen über Prominente, das schließt Basil Clement natürlich ein."

Er war derart selbstgewiß, daß er von sich in der dritten Person sprach, was Carol ein zynisches Grinsen entlockte. „Sicher finden Sie nicht alles gut, was auf Frobishers Website über Sie steht", sagte sie.

„Alles? Ich würde sagen, nein. Aber Sie kennen ja den Spruch: ‚Keine Nachrichten sind schlechte Nachrichten.'"

„Ich dachte, es hieße: ‚Keine Nachrichten sind gute Nachrichten'", sagte Carol mit hochgezogener Augenbraue.

Basil fuhr mit der Hand durch die Luft. „Na, egal."

„Vor ein paar Tagen stand im Frobisher-Report etwas über Ihren Streit mit Dr. Gilbert Edmundson“, sagte Carol.

Wieder fuhr Basils Hand hoch. „Das war doch nichts. Ich muß zugeben, ich hatte getrunken, und Edmundson machte eine Bemerkung, gegen die ich etwas hatte, über abgetakelte Sportskanonen. Da habe ich ihm einen Schwinger verpaßt. Mehr war nicht dran.“

„Mr. Frobisher behauptet, er sei in Planung und Ausführung eines Streiches von Milton Ryce involviert gewesen“, sagte Bourke. „Wissen Sie etwas darüber?“

„An mir ist nicht viel vorbeigegangen“, erklärte Basil stolz. „Ich glaube, bei dem Streich, den Larry mitgeplant hat, ging es um dieses sagenhafte Monster, das in der Nacht die Camper in der Wildnis erschreckt. Ein amerikanischer Fernsehsender hatte sogar ein Team herübergeschickt, um einen Film über den sogenannten *Australian Big Foot* zu drehen. Milton hat sie total verarscht, als seine sogenannten Koryphäen die Fußspuren und Auswürfe einem Riesenaffen, der seit Millionen von Jahren ausgestorben ist, zuschrieben.“

„Mr. Ryce schien es wohl großen Spaß zu machen, die Medien hochzunehmen“, bemerkte Carol.

„Es machte ihm Spaß, *jedermann* hochzunehmen.“

„Waren Sie je Zielscheibe seiner Streiche?“ fragte Bourke.

Basil wirkte erstaunt bei dieser Frage. „Ich und auf einen Streich reinfallen? Aber nicht doch. Dafür bin ich viel zu schlau. Milton wußte das. Bei mir hat er nie was versucht.“

„Am Samstag haben Sie Mr. Ryce und Ms. Watson zum Lunch erwartet“, sagte Carol.

Basil nickte. „Morris und ich haben uns so auf die beiden gefreut. Milton war immer sehr unterhaltsam, und Kym...“ Er grinste anzüglich. „Eine sehr attraktive junge Frau, da stimmen Sie mir sicher zu.“

„Wir haben mit Ms. Watson gesprochen“, erklärte Bourke.

„Dann wissen Sie ja, was ich meine.“

„Kennen Sie Kymberly Watson schon länger?“ erkundigte sich Carol.

„Seit ein paar Monaten. Sie war Miltons letzte... Sein letztes Interesse. Ich glaube, sie lernten sich bei einem Fallschirmspringerevent kennen.“

Bourke blickte von seinem Notizbuch hoch. „Sind Sie auch Fallschirmspringer?“

Clement schauderte. „Gott, nein! Ich hab’s mit der Höhe überhaupt nicht. Allein beim Gedanken, aus einem Flugzeug zu springen, wird mir speiübel. Milton überredete meinen Bruder, es einmal zu versuchen, aber mich konnte er nicht dazu bringen, völlig ausgeschlossen.“

„Hatten Sie am Samstag noch andere Gäste?“ fragte Carol.

„Nein, nur wir vier. Als Milton und Kym sich verspäteten, wußte ich, daß etwas passiert war. Milton war immer sehr pünktlich.“

Als er das sagte, wurde Carol bewußt, daß jemand in der Tür stand und mithörte. Basil Clement folgte ihrem Blick. „Morris, wieso lauerst du da? Komm her und begrüße Kommissarin Ashton und...“

„Inspektor Bourke“, half Carol ihm auf die Sprünge.

Morris Clement kam so vorsichtig näher, als bewege er sich auf gefährlichem Boden. Er sah seinem Bruder ähnlich, aber er hatte nichts von dessen Jovialität. Beim Gehen ließ er die Schultern hängen, sein blasses Gesicht stach kraß von Basils wettergegerbten Gesichtszügen ab. Morris war auch nicht so gut gekleidet. Er trug ein ausgebleichtes rotgestreiftes Hemd, weite blaue Jogginghose und schmutzige Laufschuhe.

Er nickte Carol und Bourke zu, offenbar nicht in der Absicht, solchen Formalitäten wie Händeschütteln nachzukommen. Dann folgte er der ungeduldigen Geste seines Bruders und setzte sich widerwillig.

„Morris und ich waren sehr erschüttert, als wir erfuhren, daß Milton tot ist.“ Basil blickte seinen Bruder Zustimmung heischend an, aber Morris zuckte nicht mit der Wimper. Basil runzelte die Stirn, dann fuhr er fort: „Zuerst habe ich's gar nicht geglaubt. Ich habe erwartet, daß Milton durch die Tür kommt und lacht, weil er wieder mal alle verschaukelt hat."

„Ich glaube, die Medien spekulierten anfangs, daß es sich um einen Trick handeln könnte", sagte Carol.

Basil schüttelte traurig den Kopf. „Das Witzige ist, daß Milton ein solcher Scherz durchaus zuzutrauen war, wäre er ihm denn eingefallen. Er hat sich über seine Streiche immer am meisten amüsiert."

Morris Clement machte zum erstenmal den Mund auf. „Es scheint, als habe diesmal jemand Milton einen Streich gespielt, meinst du nicht auch?"

8

„Was hältst du von den Clements?" fragte Carol, als Bourke vor dem Tor der Villa auf das Öffnen wartete.

„Sie sind völlig gegensätzlich. Basil ist extrovertiert, Aufmerksamkeit heischend, Morris eher von der mürrischen Sorte. Außer seiner süffisanten Bemerkung, daß diesmal wohl Ryce reingelegt worden war, sagte er kaum ein Wort." Sarkastisch fügte er hinzu: „Natürlich hat Basil das wettgemacht. Egozentrischer geht es nicht. Das ist ein Typ, den ich nicht lange aushalten könnte."

Sobald sie durchs Tor kamen, sprang das im Schatten eines Baums wartende Fernsehteam auf. Carol verzog keine Miene, als Bourke an ihnen vorbeifuhr und die Kamera auf sie gerichtet war. Wahrscheinlich wurde das Material gar nicht benutzt, es sei denn, die Clementbrüder würden irgendwann verdächtigt.

„Setzen wir Basil und Morris auf die Liste der Verdächtigen, Mark?“

„Es gibt kein erkennbares Motiv. Und kennt sich einer von ihnen überhaupt soweit mit der Ausrüstung aus, um die Fallschirme manipulieren zu können?“

„Basil Clement sagte, Ryce hätte seinen Bruder zu einem Sprung überredet. Danach könntest du Bendix fragen.“

Ihr Handy klingelte. Sie sprach kurz hinein und legte auf. „Die Air Force ist der gleichen Ansicht wie der Fallschirmspringerverband. Manipulation sowohl des Haupt- als auch des Reservefallschirms von Ryce sowie des Hauptfallschirms von Verity Stuart. Eins aber ist interessant: Bei Ryce waren die Leinen zu den Fallschirmkörpern durchtrennt, so daß, als er die Reißleinen zog, die Schirme herausglitten, aber sich nicht aufblähten. Bei Stuarts Fallschirm war es trickreicher: Da wurde die Reißleine ganz ausgeschaltet, so daß der Fallschirm gar nicht erst herauskam.“

„Das macht Sinn“, sagte Bourke. „Milton Ryce wußte genau, was zu tun war, um den Fallschirm nicht auspacken und die Leinen kappen zu müssen.“

„Das grenzt die Liste der Verdächtigen ein“, meinte Carol. „Erstens muß jemand Zugang zu Ryces Gepäck gehabt und zweitens muß die Person sich mit Fallschirmen ausgekannt haben, so daß sie nach dem Durchtrennen der Leinen neu gepackt werden konnten.“

Bourke grinste sie an. „Aber Carol, was, wenn der Mörder die Fallschirme in aller Seelenruhe manipuliert und dann im letzten Moment vertauscht hat? Was, wenn er oder sie sich das Handbuch *Fallschirmspringen für Dummerchen* besorgt hat und einfach Schritt für Schritt der Anleitung gefolgt ist?“

„Ich glaube kaum, daß es das Handbuch *Fallschirmspringen für Dummerchen* gibt.“ Carol lachte. „Und sollte es doch existieren, bezweifle ich stark, daß es eine Anleitung enthält, wie man einen Fallschirm unbrauchbar macht.“

★★★

Bourke brachte Carol zum Flughafen und kehrte dann nach Hash's Creek zurück, um den Durchsuchungsbefehl für Ryce Hall zu holen und den Techniker von der Tresorfirma zu treffen, die Ryce den Safe geliefert hatte.

Bevor Carols Flugzeug nach Sydney startete, rief sie Anne Newsome an und bat sie, Ian McNamara und Verity Stuart zu lokalisieren und Kymberly Watsons Behauptung zu überprüfen, Deanna Ryce sei für den Tod eines Menschen verantwortlich. Ryces Geliebte war irritierend vage gewesen und hatte nur erklärt, das Gerücht habe sie irgendwann irgendwo gehört. Und dann sollte Anne, wenn möglich, einen Besuch bei Milton Ryces Witwe vereinbaren.

Anne holte Carol am Flughafen ab mit der Nachricht, Deanna hätte nur heute nachmittag für eine Stunde Zeit, sie müßten also direkt nach Turramurra fahren.

„Und was das dunkle Geheimnis in ihrer Vergangenheit betrifft", sagte Anne, „ich kann keinen Hinweis finden, daß sie in einen Todesfall, ob durch Unfall oder Vorsatz, verwickelt ist – zumindest nicht in Australien. Sie wurde in Südafrika geboren, und so habe ich dort um Amtshilfe gebeten, aber noch keine Rückmeldung erhalten."

Dann berichtete Anne, daß sie die Flüge von Sydneys Privatflughafen zum Ryce'schen Flugfeld in Hash's Creek überprüft habe, das seien relativ wenige gewesen, und die meisten hatte Ryces Pilot beantragt.

Während Anne fuhr, betrachtete Carol sich im Beifahrerspiegel. Sie sah so müde aus, wie sie sich fühlte. Sie hatte gehofft, vor diesem Termin noch Zeit zu finden, sich frischzumachen und umzuziehen.

Carol betrachtete Anne von der Seite. Kriminalwachtmeisterin Anne Newsome wirkte munter und frisch wie immer. Ihre Haut schimmerte, ihr kurzgelocktes Haar glänzte, und

Carol sah mit einem Anflug amüsierter Verdrossenheit, daß ihre Augen vor Lebenslust sprühten. „Müssen Sie eigentlich immer so schrecklich gesund aussehen?“ fragte Carol.

Anne grinste. „Tut mir leid, Boss. Das sind die Gene, ich kann nichts dafür. Ich führe ein höchst ungesundes Leben.“

„Und ungesundes Leben schließt Fallschirmspringen ein?“

„Mark hat Ihnen das erzählt, nicht wahr? Bis jetzt bin ich noch kein Mal allein gesprungen.“

Anne erzählte ihr, ein Freund – Carol schätzte, daß sie den neuen Freund meinte, den Bourke erwähnt hatte – habe sie überredet, einem Fallschirmspringerclub beizutreten. „Vorletztes Wochenende sind wir im Tandem gesprungen. Das war toll! Jemand ist da und paßt auf, daß alles richtig läuft, und man selbst kann das Erlebnis einfach genießen.“

„Mich kriegt niemand dazu, mich aus einem Flugzeug zu werfen“, sagte Carol. „Wie hoch waren Sie dabei?“

„Viertausend Fuß – das klingt viel beeindruckender als dreizehnhundert Meter. Lance und ich waren etwa vierzig Sekunden im freien Fall, dann gingen die Fallschirme auf, und in fünf Minuten waren wir unten. Es war fantastisch.“

„Wie schwer ist die Ausrüstung?“

„Mit allem Drum und Dran etwa zwölf Kilo. Aber sobald man fällt, spürt man das Gewicht überhaupt nicht, bis der Fallschirm aufgeht und einen hochreißt.“

„*Wenn* er aufgeht.“

Anne lachte. „Es ist ziemlich sicher. Eins zu zweiundachtzigtausend. Im Gegensatz zum Basisspringen, bei dieser Sportart stirbt einer von tausend.“

Vor vielen Jahren hatte Carol mal einen Mann verhaftet, der mit seinem Fallschirm von der Sydney Harbour Bridge gesprungen war, daher wußte sie, daß Basisspringer sich von Gebäuden, Antennen, Brücken und Klippen stürzten. Der Kick dabei war das psychische und physische Hochgefühl, ausgelöst durch extremes Risiko.

„Anne, versprechen Sie, daß Sie sich nie darauf einlassen."

„Nicht im Traum. Fallschirmspringen genügt mir."

Anne, die einen außerordentlichen Orientierungssinn besaß, hatte vor der Fahrt in den Stadtplan geschaut. Ohne zu zögern bog sie von der Hauptstraße in eine der kleinen Seitenstraßen. „Wir sind gleich da. Es ist irgendwo hier oben auf dem Hügel", sagte sie und nahm eine scharfe Kurve.

Schließlich hielt sie vor einem großen, aber nicht besonders luxuriösen Gebäude. Wie in Ryce Hall gab es auch hier keine erkennbaren Sicherheitsmaßnahmen. Die kurzgemähte Rasenfläche reichte bis zur Straße, weder Zaun noch Tor behinderten die offene Auffahrt zum Haus.

Ganz in Schwarz, wie es sich für eine eben zur Witwe gemachte Gattin geziemte, öffnete Deanna Ryce, geborene Lustgarten, die Tür. Von der schwarzhaarigen kurzgeschnittenen Frisur bis zu den schicken Pumps wirkte sie sehr elegant. Ihr Makeup war tadellos, ihr Schmuck bestand aus schlichten Perlenohrringen, einer diamantbesetzten Uhr und einem breiten goldenen Ehering.

„Kommissarin Ashton! Bitte, treten Sie ein." Sie führte sie in ein schlicht möbliertes Wohnzimmer mit einer Bodenvase aus Alabaster voller dunkelroter Rosen als Blickfang.

Carol stellte Anne Newsome vor und kondolierte Deanna zu ihrem Verlust.

Die hörte sich das höflich an und sagte: „Ich will nicht so tun, als ob ich vor Trauer zerfließe, Kommissarin Ashton. Ich nehme an, Sie wissen, daß Milton und ich über Scheidung gesprochen haben." Sie hatte einen leichten Akzent, den Carol nie als südafrikanisch erkannt hätte, wenn sie nicht gewußt hätte, daß Deanna dort geboren war.

„Nur gesprochen?" fragte Carol. „Haben Sie nicht schon das Verfahren in Gang gesetzt?"

„Wir haben unsere jeweiligen Anwälte konsultiert." Ein frostiges Lächeln huschte über Deannas Gesicht. „Die beiden

Herren sind äußerst kostspielig und leckten sich schon die Lippen bei der Aussicht auf einen erbitterten Kampf um das kleinste Etwas. Milton konnte sich leisten, Zugeständnisse zu machen, aber er haßte es, zu verlieren. Es wäre ein sich lange hinziehender Kampf geworden."

„Ich muß Ihnen mitteilen, daß wir den Tod Ihres Mannes inzwischen als Mordfall behandeln."

Anne blickte von ihrem Notizbuch hoch, die Reaktion auf diese Nachricht interessierte sie sichtlich.

„Sie glauben tatsächlich, daß Milton ermordet wurde?" Deanna Ryces Gesicht war ausdruckslos, aber ihre Stimme zitterte kaum hörbar. Carol fragte sich, welche Gefühle unter diesem kühlen Äußeren brodeln mochten.

„Die Experten von der Air Force bestätigen das Untersuchungsergebnis des Fallschirmspringerverbands. Bei beiden Fallschirmen wurden die Leinen vorsätzlich durchtrennt."

Deanna verzog das Gesicht. „Wie schrecklich."

„Wenn Mr. Ryce sie nicht durchtrennt hat –"

„Kein Selbstmord", unterbrach Deanna vehement. „Milton hätte sich niemals umgebracht."

Carol nickte. „Das ist wohl allgemeine Ansicht, deshalb interessiert uns, wer einen Grund haben könnte, Ihren Mann umzubringen. Fällt Ihnen irgend jemand ein?"

„Milton weidete sich geradezu an Konflikten." Deanna erhob sich graziös. „Kommen Sie mit mir?"

Sie folgten ihr in den Flur. An einer vertäfelten Tür hielt sie an und sagte: „Vielleicht möchten Sie sich ansehen, was Milton seine Deppengalerie nannte."

Sie führte sie in einen langgestreckten Raum, in dem sich lediglich an jeder Seite eine schwere gepolsterte Bank mit Blick auf die Wand gegenüber befand. Fotos, Zeitungsausschnitte und anderes Material waren ausgestellt wie Kunstwerke. Flachbildschirme ergänzten die teils ausführlichen, teils bloß ergänzenden Präsentationen.

Deanna deutete auf das nächstliegende Exponat. „Miltons letzter Triumph!“ Ihr Ton war sarkastisch.

„Der Streich mit der Fliegenden Untertasse“, sagte Anne und besah sich die Präsentation aus der Nähe.

„Armer Richie Keele“, sagte Deanna. „Ich denke, daß er lange brauchen wird, um darüber hinwegzukommen.“

Der Tennisspieler war in aller Öffenlichkeit blamiert worden. In der Welt des Profitennis rangierte Richie Keele unter den Top Ten. Allein sein Talent hatte ihn zu dem überragenden Sportler gemacht, den Milton Ryce sich als Opfer eines seiner Streiche auserkoren hatte.

Deanna schaltete den Monitor ein und sagte: „Wie Sie sicher wissen, hat Milton jedesmal einen Mitschnitt von der Demütigung seiner Opfer erstellt. Er hat es genossen, seine Erfolge wieder und wieder vorzuführen.“

Auf dem Monitor erschien Richie Keeles bekanntes Gesicht. Er sagte mit kaum unterdrückter Erregung: „Ich habe die heutige Pressekonferenz einberufen, um eine unglaubliche Mitteilung zu machen. Mit meinen eigenen Augen habe ich ein UFO gesehen, persönlich und aus nächster Nähe! Als Beweis habe ich Fotos und vom Raumschiff stammendes Material. Ich rede nicht von einer simplen Erscheinung am Himmel, einem Lichterstreif oder so. Ich hatte das Privileg einer echten Begegnung mit etwas Außerirdischem, etwas, das von außerhalb unseres Sonnensystems stammt!“

Es war lange bekannt, daß Keele zu den Unterstützern von SETI – Search for Extraterrestrial Intelligence – gehörte, einer Organisation, die er nicht nur finanziell unterstützte. SETI warb dafür, private Computer zu einem gigantischen Rechnernetz zu verbinden, um das Spektrum elektronischer Signale aus dem Weltraum zur Erde analysieren zu können. Keele gehörte zu denen, die Meldungen, UFOs seien gesichtet worden, für glaubwürdig hielten, nur die Regierung wolle das üblicherweise vertuschen.

Aufgrund seines aktiven Interesses an solchen Dingen wandten sich oft Leute an Keele, die Fliegende Untertassen gesehen haben oder von Außerirdischen entführt worden sein wollten. Als ihn ein akkurat gekleideter Mann mittleren Alters mit militärischem Gehabe kontaktierte und behauptete, er habe aus einer Abteilung des Geheimdienstes Dokumente geschmuggelt, die die Berichte von UFOs untersuchten, war Richie Keele von der Geschichte sofort überzeugt.

Der Mann stellte sich als Charles Moore vor, ehemaliger Geheimdienstmitarbeiter, und erzählte Keele, wie sehr ihn das Verschweigen solch bedeutender Fakten vor der Öffentlichkeit anwidere und enttäusche. Der Mann – in Wahrheit ein von Ryce bezahlter Schauspieler – hatte erklärt, nur durch vertrauenswürdige Prominente wie Richie Keele könne die Wahrheit jemals ans Licht gelangen.

Von Charles Moores Echtheit völlig überzeugt, vertiefte sich Keele in die Dokumente. Sie wirkten seriös und beschrieben ein unglaubliches, aber plausibles Szenario. Nicht nur daß UFOs existierten, sondern daß in den letzten Jahren etliche in Australien gelandet, gekapert und dabei die Besatzungen getötet worden seien. Die Regierung hätte sämtliche Informationen über außerirdische Kontakte als „top secret“ kategorisiert. Moore erklärte, wie bei solchen Gelegenheiten, wenn gewöhnliche Leute etwas bezeugten, das mit echten UFOs zu tun hatte, eine eigens dafür zuständige Geheimdienstabteilung diese Zeugen umgehend diskreditierte.

Moore erzählte Keele, daß die Regierung gestrandete UFOs benutzte, um andere Außerirdische zu Rettungsaktionen anzulocken, indem sie den Notruf des Raumschiffs aktivierte. Genau das passiere momentan wieder, sagte Moore, er wisse, wo im unberührten Buschland ein Raumschiff gelandet sei und wann die Notsignale aktiviert würden. Wenn Keele als Zeuge mitkäme, könnten sie sich anschließend an die Medien wenden und die Regierung bloßstellen.

Richie Keele fiel auf die Geschichte herein. Er besorgte sich Tarnkleidung und Wanderstiefel für den Marsch durch den Busch zu der Stelle, wo das Raumschiff gelandet war, dazu ein Nachtsichtgerät, eine für Nachtaufnahmen geeignete Kamera und einen erstklassigen Camcorder.

Milton Ryce erschien auf dem Bildschirm und erklärte die Finessen des Streichs. Planung und Ausführung hätten eine beträchtliche Summe Geldes verschlungen, vom Personal ganz zu schweigen. In der bewußten Nacht hätte es im abgelegenen Buschland seltsame Lichter am Himmel gegeben, die Moore und Keele zu einer Stelle tief im Busch führten. Ein Filmteam war dafür engagiert worden, die täuschende Illusion eines gestrandeten UFOs erstehen zu lassen.

Ein erstaunlicher Anblick bot sich Keele. Die angeblichen Außerirdischen – in Wahrheit verkleidete Zwerge – mit ihren diffusen Lampen befanden sich bei dem beschädigten Raumschiff. Keele war so geistesgegenwärtig, seinen Camcorder einzuschalten, wußte aber nicht, daß er selbst von einem Profiteam gefilmt wurde. Plötzlich griffen als Soldaten verkleidete Schauspieler aus dem Hinterhalt die Außerirdischen an. Großer Tumult, dann verschleppten sie sie in die Nacht.

Moore hatte Richie Keele gestattet, ein merkwürdig geformtes Metallteil vom beschädigten Raumschiff mitzunehmen, ehe sie sich auf Moores Drängen hin fortschlichen, um nicht von den angeblichen Streitkräften bei deren Rückkehr ertappt zu werden.

Überglücklich über seinen „Beweis", daß UFOs tatsächlich existierten und die Regierung deren Existenz vertuschte, veröffentlichte Keele die Nachricht in jedem verfügbaren Medium. Er überzeugte, weil er glaubte, was er sagte.

Der ausgeklügelte Schwindel war Schritt für Schritt aufgezeichnet worden, inklusive der öffentlichen Demütigung des rotangelaufenen Richie Keele am Schluß, als die Täuschung enthüllt wurde.

Ein strahlender Milton Ryce sagte am Ende der Präsentation: „Sie müssen zugeben, daß dies einer meiner erfolgreichsten Streiche gewesen ist."

Deanna schaltete den Monitor aus. „Wie Sie sehen, Kommissarin, machte mein Mann eine Kunst daraus, sich Feinde zu schaffen." Sie blickte sich im Raum um. „Ich denke, mehr als eine Person haßte Milton genug, um ihn zu ermorden."

„Hat ihm jemand offen gedroht?"

„Das haben viele, manche bis ins blutrünstigste Detail. Milton hat das nicht weiter interessiert."

„Wäre es möglich, eine Liste der Opfer seiner Streiche zu bekommen?" fragte Anna.

„Das ist schnell gemacht." Und sarkastisch fügte Deanna hinzu: „Mein Mann führte penibel Buch. Da kann ich ihm nichts nachsagen."

„Wie man uns sagte, waren Sie in Ihrer Vergangenheit in den Tod von jemand verwickelt", sagte Carol.

Deanna Ryces ausdrucksloses Gesicht lief plötzlich vor Zorn rot an. „Diese Information stammt wohl von Kymberly Watson", sagte sie gallig.

„Sie kennen Ms. Watson?"

Carols Frage entlockte ihr ein grimmiges Lächeln. „Dachten Sie, Kommissarin, ich kommuniziere nicht mit der Geliebten meines Mannes."

„Das hat man uns glauben lassen", sagte Carol.

Lebhaft erklärte Deanna: „Kym Watson hat sich an mich gewandt. Ich selbst hätte sie niemals kontaktiert. Sie hatte tatsächlich die Stirn, als Milton auf Geschäftsreise im Ausland war, es mit einer kleinen Erpressung zu versuchen."

„Ms. Watson hat Sie bedroht?"

Deanna gab ein verächtliches Lächeln von sich. „Dafür ist sie viel zu clever. Sie hat sich sehr gewählt ausgedrückt, aber es war völlig klar, daß diese Frau eine beträchtliche Belohnung für ihr Schweigen über das, was sie taktvoll ‚einen unglücklichen Unfall' nannte, erwartete. Sie war nicht sehr erbaut, als ich sagte, von mir bekäme sie keinen Cent. Von mir aus könne sie Milton erzählen, was sie wolle."

„Hat Ms. Watson es Ihrem Mann erzählt?"

„Ich habe keine Ahnung, Kommissarin. Ich bezweifle, daß es Milton irgend etwas ausgemacht hätte." Ihr Mund wurde schmal. „Ich nehme an, sie konnte kaum erwarten, es Ihnen zu stecken. Ich bin sicher, daß Kym Watson es darauf angelegt hat, mir Ärger zu machen, seit ich mich weigerte, bei ihrem Erpressungsversuch mitzuspielen."

„Ich fürchte, wir brauchen Details über den Vorfall, der Ms. Watson zu der Annahme verleitete, Sie seien erpreßbar."

Deanna unterdrückte ein Seufzen. „Nun gut, Kommissarin. Ich werd's Ihnen erzählen. Ich bin in Südafrika geboren und aufgewachsen. Es passierte, als ich jung war und noch nicht lange meinen Führerschein hatte. Ich trinke keinen Alkohol – er schmeckt mir einfach nicht –, deshalb mußte ich oft nach Parties die Leute nach Hause fahren. An diesem Abend waren wir auf einer besonders wilden Geburtstagsfete. Es war dunkel, und vielleicht war ich abgelenkt durch die Späße im Wagen. Aus welchem Grund auch immer, ich habe den Mann nicht gesehen, bis er beim Aufprall in die Windschutzscheibe krachte."

„War er schwer verletzt?"

Sie senkte den Kopf. „Er war sofort tot. Man hätte mich wegen Totschlags, Unachtsamkeit oder sonstwas verurteilen sollen. Aber mein Vater war sehr einflußreich. Er zog die richtigen Fäden, und das Ganze wurde vertuscht. Der Mann war ein Trinker gewesen, aber das entschuldigte nichts. Mein Vater ließ der Familie eine beträchtliche Summe anweisen. Dann sagten meine Eltern, ich solle tun, als sei nichts passiert. Und es vergessen."

Sie blickte Carol direkt in die Augen, als suche sie Absolution. „Sie haben so oft mit dem Tod zu tun, Kommissarin.

Vielleicht verstehen Sie, wie gern ich das alles hinter mich gebracht hätte, diesen dumpfen Aufprall des Fleisches, als sein Körper in die Windschutzscheibe krachte, das Blut, zersplitterndes Glas und den Schrei – meiner, glaube ich. Nach all den Jahren träume ich manchmal noch immer davon..."

„Wer wußte noch von dem Unfall – außer Ihren Eltern?"

Sie schüttelte den Kopf. „Ein paar Beamte, die inzwischen wahrscheinlich verstorben sind. Und meine Freundinnen und Freunde, die im Wagen saßen, aber die habe ich aus den Augen verloren. Sonst niemand. Deshalb ist es mir ein Rätsel, wie Kymberly das herausgefunden hat. Ich hab' sie natürlich gefragt, sie zuckte nur die Achseln und sagte etwas der Art, daß die Toten nie begraben bleiben."

„Wenn Sie Wachtmeisterin Newsome die Liste mit den Opfern der Streiche Ihres Mannes geben, könnten Sie ihr auch alle Angaben über Zeit und Ort des Unfalls machen, sowie ein paar Namen, die Ihnen noch einfallen."

„Selbstverständlich."

Als Carol sah, wie weiß Deanna geworden war, fragte sie: „Ist alles in Ordnung mit Ihnen?"

„Ich ertrage diesen Raum nicht, Kommissarin. Er zeigt Miltons gemeine, schadenfrohe Seite." Mit einem Anflug von Lächeln fügte sie hinzu: „Ja, manchmal, wenn auch selten, gab es eine andere, sehr viel nettere Seite meines Mannes. Tatsächlich habe ich ihn in der Hospizstation eines Kinderkrankenhauses kennengelernt, als ich meine Nichte besuchte. Milton hielt es geheim, aber er gab nicht nur Spenden, sondern auch viel von seiner Zeit für Kinder mit lebensbedrohenden Krankheiten."

Carol sah, wie Anne die Augenbrauen hochzog. Sie fand diese Seite an Ryce wohl ebenso unwahrscheinlich wie Carol.

Deanna war zur Tür gegangen. „Haben Sie etwas dagegen, wenn wir wieder ins Wohnzimmer gehen? Es sei denn, die Befragung ist beendet...?"

„Nur noch ein paar Fragen“, sagte Carol rasch.

Sobald sie im Wohnzimmer Platz genommen hatten, fragte sie: „Haben Sie es selbst mal mit dem Fallschirmspringen versucht?“

„Milton hat mich ein paar Mal zu einem Tandemsprung überredet – für ein Solo hat's bei mir nie gereicht. Ich habe die Erfahrung nicht sonderlich genossen, und Milton hat schließlich akzeptiert, daß ich sein Hobby nicht teile.“

„Ihr Mann packte seine Fallschirme selbst vor dem Springen?“

„Immer. Das hätte er niemandem sonst anvertraut.“

„Hat er normalerweise hier gepackt oder in Ryce Hall?“

Deanna deutete auf den Flur. „Entweder breitete er alles draußen im Flur auf dem Teppich aus und packte die Fallschirme hier oder im Hangar auf dem Flugplatz, wo es extra dafür einen Raum mit langen Tischen gibt.“

„Letztes Wochenende, wo hat er da seine Ausrüstung gepackt?“

Deanna reagierte mit elegantem Schulterzucken. „Offen gesagt, ich habe keine Ahnung. Ich habe schon lange jedes Interesse an Miltons Angelegenheiten verloren.“ Ein kaltes Lächeln trat auf ihr Gesicht, als sie sagte: „Sogar die Sache mit Kym Watson war für mich ohne Belang.“

Carol beugte sich vertraulich vor. „Sie verstehen wohl, warum das die Schlüsselfrage ist. Jemand mußte Zugang zu seiner Ausrüstung gehabt haben, um sie zu manipulieren.“

Deanna spreizte die Hände. „Ich hätte nicht den leisesten Schimmer, was zu tun wäre, und selbst wenn – ich kann mir nicht vorstellen, wie man es fertigbringt, jemandem wissentlich ein so schreckliches Ende zu bereiten.“

„Ihr Mann ist letztes Wochenende nach Hash's Creek gefahren, statt zu fliegen. Wissen Sie, ob jemand mitgefahren ist?“

„Kommissarin, wir beide lebten getrennte Leben. Ich weiß es nicht, und es schert mich auch nicht.“

„Sie kennen Ian McNamara näher?“ erkundigte Carol sich.

Sie erstarrte. „Ian? Er gehört zu Miltons Geschäftsfreunden.“

„Ist er ein Freund von Ihnen?“

Deannas Kinn fuhr hoch. „Wollen Sie irgend etwas andeuten, Kommissarin?“

„Uns interessieren die Leute, mit denen Ihr Mann letztes Wochenende zusammen war. Mr. McNamara befand sich im Flugzeug. Er sprang zuerst, landete sicher und hat den Todessturz Ihres Mannes mitangesehen.“

„Sie denken doch wohl nicht, daß Ian so etwas täte?“ Ihr bleiches Gesicht errötete. Ihre Stimme wurde schrill. „Diese Andeutung ist unerhört.“

„Wir müssen diese Fragen stellen, Ms. Ryce.“

„Ich verstehe.“ Ihre Hände flatterten. „Es ist einfach ein Schock zu denken, daß jemand, den ich kenne, Milton so etwas angetan haben könnte.“

Carol bemerkte, daß Anne interessiert aufsah, als Deanna die Fassung verlor. Das faszinierte auch Carol, und so erhöhte sie den Druck: „Man hat uns gesagt, daß Sie vor Ihrer Hochzeit eine Verzichtserklärung unterschrieben haben.“

Deanna zupfte an ihrem Perlenohrring. „Ja und? Das ist heutzutage bei reichen Männern so üblich.“

„Diese Erklärung ist null und nichtig, jetzt mit dem Tod Ihres Mannes.“

Wütend nach Luft schnappend, starrte Deanna Carol an. „Das stimmt, Kommissarin Ashton. Und ich erbe etwa die Hälfte des Vermögens. Ist Ihnen bewußt, daß Ted und Rae je ein Viertel bekommen? Das ist eine Menge Geld – Millionen. Wieso fragen Sie also nicht sie?“

„Wir haben bereits mit Ihrem Stiefsohn gesprochen. Rae können wir nirgends finden.“

„Rae hat mich angerufen, direkt bevor Sie gekommen sind. Sie ist in Gilbert Edmundsons Klinik.“

„Das überrascht mich“, sagte Carol. „Nach allem, was wir

gehört haben, hat Ihre Stieftochter die Behandlung durch Dr. Edmundson abgelehnt."

„Rae ändert ständig ihre Meinung. Einen Tag erklärt sie, Gilbert sei ein Scharlatan, am nächsten ist er der tollste Psychiater der Welt." Trocken fügte Deanna hinzu: „Offenbar ist Gil im Moment ein Kandidat für den Heiligenschein. Morgen erklärt Rae dann vielleicht, er sei der Teufel."

„Wie ich höre, nennen Sie ihn Gil", bemerkte Carol.

„Ich betrachte ihn als Freund", sagte Deanna knapp. Auf die Uhr blickend, erhob sie sich. „Tut mir leid, Kommissarin, ich habe noch einen Termin. Die Arrangements für das Begräbnis. Ich werde Ihrer Wachtmeisterin die gewünschten Informationen geben, und dann muß ich leider weg."

„Eins noch – ich glaube, ein Mr. Boyne ist als Chauffeur bei Ihnen angestellt."

„Nicht mehr."

„Er ist von sich aus gegangen?"

Deanna Ryce bedachte Carol mit einem langen Blick. „Er wurde wegen Unehrlichkeit entlassen, Kommissarin, mehr möchte ich nicht dazu sagen."

„Haben Sie seine Adresse?"

Sie winkte ungeduldig ab. „Ich habe keine Ahnung, wo er ist. Ich muß jetzt gehen."

Carol und Anne standen auf. „Vielen Dank für Ihre Zeit, Ms. Ryce", sagte Carol. „Wenn wir weitere Fragen haben..."

Deanna machte eine Geste, als verjage sie eine lästige Fliege. „Natürlich helfe ich gern." Und nach einer Pause: „Werden Sie bei Miltons Beerdigung anwesend sein, Kommissarin? Sie ist am Donnerstagnachmittag."

„Ich habe es vor, wenn Sie nichts dagegen haben."

„Sie glauben tatsächlich, daß Mörder bei der Beerdigung ihrer Opfer anwesend sind? Ich dachte, daß sowas nur in Kriminalromanen geschieht."

„Die meisten Morde werden von Angehörigen oder engen

Freunden begangen", sagte Carol. „Deshalb gibt es die Möglichkeit, daß die für den Tod Ihres Mannes verantwortliche Person auf der Beerdigung sein wird, nicht um zu frohlocken, sondern weil ihre Abwesenheit auffallen würde."

„Kym Watsons Abwesenheit bei der Beerdigung würde Ihnen wahrscheinlich auffallen", sagte Deanna in bissigem Ton. „Ich glaube nicht, daß sie die Chuzpe hat, daran teilzunehmen." Und mit tückischem Lächeln fügte sie hinzu: „Bitte, sagen Sie mir, daß dieses kleine Luder ganz oben auf der Liste Ihrer Verdächtigen steht."

Als sie kurz darauf in ihren Wagen stiegen, sagte Carol zu Anne: „Mark hat vorhergesagt, daß Deanna Ryce versuchen würde, Kym Watson zur Hauptverdächtigen zu machen."

„Steht Kym Watson tatsächlich oben auf Ihrer Liste?"

Carol lachte. „Anne", sagte sie, „eine Menge Leute drängeln sich geradezu um den Spitzenplatz!"

9

Während Anne fuhr, rief Carol eine Nummer an, die Sergeant Huffner genannt und Anne überprüft hatte. „Ms. Stuart? Hier ist Kriminalkommissarin Carol Ashton... Ja, ich verstehe, wie Sie das mitgenommen haben muß... Ein schreckliches Erlebnis... Nur ein kurzes Gespräch... Danke, ich habe Ihre Adresse."

Verity Stuart wohnte in Woolloomooloo, einem historischen Arbeiterviertel in der Innenstadt bei den Docks am Hafen. So nach und nach aufgemotzt wirkte es zwischen den weiten Rasenflächen von The Domain und dem immer begehrteren feinen Potts Point etwas deplaziert. Und um den Mischmasch auf die Spitze zu treiben, lag es direkt neben dem trubeligen Kings Cross.

Die Adresse befand sich inmitten einer Reihe schmalbrüstiger, etwas heruntergekommener Terrassenhäuser, die sich dicht aneinanderdrängten, als müßten sie sich gegenseitig stützen. Nach einigem Suchen fand Anne in einer angrenzenden Straße eine Parklücke, dann standen sie vor Verity Stuarts Haustür, von der die Farbe abblätterte.

Noch bevor sie den angelaufenen Messingtürklopfer betätigen konnte, öffnete ihnen eine zierliche Frau mit langem schwarzen Haar, das ihr lose auf die Schultern fiel, und fragte in herausforderndem Ton: „Sind Sie Kommissarin Ashton?"

Carol sagte ja, stellte Anne vor und wartete darauf, hereingebeten zu werden. Einen Moment lang schien es, als wolle Verity Stuart die Fragen an der Haustür abhandeln und Carol und Anne auf der schmalen Veranda stehenlassen, nur durch ein rostiges Gußeisengeländer von der Straße getrennt. Doch schließlich trat sie beiseite und bedeutete ihnen einzutreten.

„Gehen Sie geradewegs durch. Da ist ein kleiner Hof hinterm Haus. Dort können wir ungestört reden."

Ein tapezierter Flur lief der Länge nach durch das schmale Haus, rechterhand befanden sich etliche Türen. Das Innere war in weit besserem Zustand als das Äußere, und die Auswahl der Möbel bewies, daß da jemand ein Auge für Qualität besaß. Der Flur mündete in einer kleinen modernen Küche. Dort führte eine Tür auf einen winzigen begrünten Hof, auf einer Seite begrenzt vom Haus, auf den anderen drei Seiten von hohen Ziegelmauern, die in blassem Ocker gestrichen waren. In der rückwärtigen Mauer befand sich eine Tür im gleichen blassen Ocker. Sie war sicherheitshalber mit einem Vorhängeschloß verschlossen.

Verity Stuart zeigte auf die Bänke um einen gestrichenen Tisch. „Ich hoffe, hier ist es Ihnen bequem genug."

Während Carol und Anne sich setzten, ging sie in die Küche zurück und erschien kurz darauf mit einem runden

Tablett, auf dem Kunststoffgläser mit Blümchendekor und ein dazu passender Krug standen. „Selbstgebrautes Ingwerbier", sagte sie. „Wenn Sie es nicht mögen, kann ich Ihnen Wasser holen. Mit Kaffee oder Tee kann ich nicht dienen. Coffein rühre ich nicht an, daher habe ich nichts im Haus."

Anne lehnte das Getränk ab, aber Carol nahm höflichkeitshalber ein Glas Ingwerbier an, trank und fand es erstaunlich gut. „Ein hübscher Hof", sagte sie und blickte sich um. Auf dem Boden befanden sich Terrakottafliesen, aus einem kleinen Springbrunnen sprudelte Wasser über einen nackten Amor mit Pfeil und Bogen.

Verity Stuart nahm das Kompliment mit Kopfnicken an und schenkte sich auch ein Glas Bier ein. Carol musterte sie.

Sie schien Mitte dreißig zu sein. Ihr Haar fiel gerade herab und umrahmte ein ungeschminktes ernstes Gesicht. Sie hatte dunkelbraune Augen und einen entschlossenen schmallippigen Mund. Sie trug ein ausgeschnittenes Top mit Blumenmuster, dazu verwaschene Jeans und hochhackige Sandalen.

„Ich habe die Nachrichten gehört. Er ist nicht verunglückt, nicht wahr, Kommissarin?"

„Es sieht nach Mord oder Selbstmord aus, Ms. Stuart."

Sie schürzte die Lippen. „Selbstmord ist Milton durchaus zuzutrauen."

Carols Augenbraue zuckte hoch. „Sie sind die erste, die das sagt. Die allgemeine Meinung lautet, Mr. Ryce hätte niemals Selbstmord begangen."

„Er war ein solches Arschloch, wie er mit allen Tricks die Leute blamiert und der Lächerlichkeit preisgegeben hat. Für mich ist es ein Wunder, wie er es schaffte, jeden Morgen aufzuwachen und zu wissen, es wieder einen Tag lang mit sich selbst aushalten zu müssen."

„Eine ungewöhnliche Sichtweise, Ms. Stuart", bemerkte Carol mit halbem Lächeln.

Verity Stuarts düsterer Ausdruck veränderte sich nicht. „Ich meine, was ich sage. Milton war verdorben, voller Selbsthaß. Ich würde ihm durchaus zutrauen, daß er sich umbringt, um mir eins auszuwischen."

Sie bedachte Anne mit einem Seitenblick, dann starrte sie auf das Notizbuch. „Sie schreiben mit? Dann lassen Sie es mich mal sehr deutlich sagen: Auf einer persönlichen Ebene bin ich froh, daß Milton Ryce tot ist. Auf einer geschäftlichen Ebene bedauere ich seinen Tod sehr."

„Wie das?" fragte Carol.

„Ich sage Ihnen nichts, was Sie nicht selbst herausfinden könnten, Kommissarin. Milton und ich waren Partner einer Entwicklungsgesellschaft zur Sanierung dieser Terrassenhäuser. Sie stehen zum Verkauf, und ich habe vom Eigentümer eine Option auf die ganze Reihe. Milton und ich haben eine komplette Sanierung geplant – neue Leitungen, neue Installationen, neue Küchen, neue Bäder –, danach wollten wir jedes Haus einzeln verkaufen. Wir hätten einen beträchtlichen Profit erzielt. Ich habe schon einige Häuser saniert und mit Gewinn wieder verkauft, doch dies Projekt war sehr viel ambitionierter. Ich brauchte Milton, um die Finanzierung zu sichern."

„Haben Sie dieses Projekt geplant, bevor oder nachdem Sie *Skydivers Anonymous* beigetreten sind?"

„Nachdem. Ich würde Sie nicht anlügen, Kommissarin. Ich blieb im Club, weil Milton und ich Geschäftspartner waren. Er hat mich als Person immer mehr angewidert, doch in bezug auf dieses Projekt war er für mich unentbehrlich."

„Wie ist die Situation jetzt, nachdem Mr. Ryce tot ist?"

Veritys Mund zuckte. „Die Situation?" wiederholte sie bitter. „Damit wird die ganze Sache platzen."

„Bestimmt gibt es Alternativen bei der Finanzierung."

„Es ist unwahrscheinlich, daß ich das allein schultern kann." Veritys Finger trommelten nervös auf den Tisch. „Ich möchte darüber nicht weiter diskutieren. Das geht nur mich etwas an. Der einzige Grund für mich, das Projekt überhaupt zu erwähnen, liegt darin, daß ich weiß, Sie werden ohnehin in meinen Angelegenheiten herumschnüffeln."

„Dann wechseln wir das Thema und reden über den letzten Samstag."

Verity funkelte Carol wütend an. „Letzten Samstag hat man mich reingelegt! Milton ließ mich springen, obwohl er wußte, daß ich nur einen funktionierenden Fallschirm hatte. Wäre der Notfallschirm nicht aufgegangen, wäre ich umgekommen. Bestimmt haben Sie meine Ausrüstung untersucht und herausgefunden, daß jemand sich daran zu schaffen gemacht hat."

„Das stimmt. Wer hat Ihren Fallschirm gepackt?"

„Das muß Milton gewesen sein."

„Ich nehme an, die meisten Mitglieder von *Skydivers Anonymous* packen selbst", bemerkte Carol.

Verity schüttelte den Kopf. „Ich nicht. Ich habe es nie gelernt."

„Wann wurde Ihnen klar, wer für die Manipulation verantwortlich war?"

„Ted war mit seinem verdammten Camcorder in der Sprungzone. Nachdem er zugesehen hat, wie sein Vater vor seinen Augen ums Leben kam, hat ihm das ein bißchen den Wind aus den Segeln genommen, trotzdem hat er sich lustig gemacht, wie ich in Panik geraten bin, als mein Fallschirm nicht funktionierte. Auf der Rückfahrt nach Sydney sagte Ian, Ted habe ihm erzählt, daß Milton meinen Hauptfallschirm so manipuliert hat, daß er nicht aufging."

Sie zischte vor Wut: „Ein Streich, sagte Ian. Gott! Ein Streich!"

„Inspektor Huffner sagte, Sie seien außer sich gewesen."

„Ein paar Sekunden lang war ich überzeugt, daß ich sterben würde! Und dann, als sich der Reservefallschirm öffnete und ich sicher unten ankam, sah ich, was Milton passiert war. Das hätte auch ich sein können! Ich schäme mich nicht zu sagen, daß ich mich übergeben habe."

Carol befragte sie über Ryces Ausrüstung und ob Verity wisse, wo sie gepackt worden sei.

„Das Zeug lag schon hinten im Land Rover, als wir in Sydney losfuhren."

Carol verbarg ihre Überraschung, daß Verity Stuart Beifahrerin in Ryces Wagen gewesen war und nicht Kymberly Watson, und fragte: „Sehen die Packen nicht ähnlich aus?"

„Miltons Ausrüstung ist vom Feinsten und kostete Tausende. Ich habe mich mit einer weniger teuren beschieden. Aber – ja, die Fallschirme sehen gepackt sehr ähnlich aus."

„Könnte sie jemand vertauscht haben, so daß Mr. Ryce die defekten Fallschirme mitnahm?"

Verity strich dunkle Haarsträhnen hinter die Ohren. „Ich nehme an, aber ist es nicht *Ihr* Job, herauszufinden, was passiert ist, Kommissarin?"

„Sie fuhren letzten Freitag mit Milton Ryce nach Hash's Creek. Waren Sie die einzige Beifahrerin?"

„Ja."

„Wäre es nicht einfacher gewesen zu fliegen?"

„Wir hatten sehr viel zu besprechen. Niemand wußte von unserer Partnerschaft, und es gab ein paar Probleme: Es sah so aus, als bekämen wir Ärger bei der Räumung einiger Mieter. Natürlich boten wir ordentliche Abstandszahlungen, aber ein paar waren verdammt widerborstig und warteten auf ein höheres Angebot." Sie lachte schrill. „Jetzt werden sie gar nichts kriegen. Da wird ihnen das Lachen vergehen."

„Warum wollten Sie die Partnerschaft geheimhalten, Ms. Stuart?"

Verity zuckte die Achseln. „Das war Miltons Idee, nicht meine. Er sagte mir, es drohe eine Scheidung. Er bemühte sich sehr, seinen Reichtum so gut wie möglich zu kaschieren. Unser Projekt war nur eines von vielen."

„Wie gut kennen Sie seine Frau?"

„Ich würde nicht sagen, daß wir eng befreundet sind."

„Sie mögen sie nicht?"

„Legen Sie mir nichts in den Mund." Verity kniff die Augen zusammen. „Deanna ist bestimmt eine sehr nette Person, aber wir haben gar nichts gemein."

„Außer Milton Ryce", bemerkte Carol. „Wußten Sie, daß Deanna vor der Heirat einen Vertrag unterschrieben hat?"

„Das wußte ich. Milton sagte mir, daß der durch einen guten Anwalt anfechtbar wäre. Er würde nicht tatenlos dasitzen und sich von den Anwälten Millionen abzocken lassen." Sie hob die Hand. „Fragen Sie mich nicht, wer ihn umgebracht hat. Ich weiß es wirklich nicht." Sie lächelte grimmig. „Allerdings, wenn Sie mich unter Druck setzen, würde ich sagen: Larry Frobisher. Milton hatte ihn satt bis oben und wollte ihm eine Verleumdungsklage anhängen."

★★★

Vom Auto aus rief Carol die Inner Grace-Klinik an. Problemlos bekam sie Gilbert Edmundsons persönliche Assistentin an die Strippe, wurde dann aber höflich abgeblockt.

„Tut mir sehr leid, Kommissarin Ashton", sagte die Assistentin mit professionellem Bedauern, „aber für heute sehe ich gar keinen Termin auf Dr. Edmundsons Kalender, und für morgen ist auch alles dicht. Mittwoch vielleicht? Da könnte ich Sie eventuell noch hineinquetschen."

„Können Sie mich mit Dr. Edmundson verbinden?"

„Tut mir leid, Kommissarin, aber ich darf kein Gespräch durchstellen. Sie können es morgen zwischen zwölf und eins versuchen. Womöglich ist er dann zu sprechen."

„Wie ist Ihr Name, bitte?"

Nach kurzer Pause sagte die Frau: „Ich bin Dr. Edmundsons persönliche Assistentin."

„Haben Sie auch einen Namen?" Carols Stimme klang gefährlich kalt. Aus dem Augenwinkel sah sie Anne grinsen.

„Habe ich natürlich, Kommissarin. Helen Waite."

„Vielen Dank, Ms. Waite. Ich untersuche einen Todesfall. Dr. Edmundson hat womöglich wichtige Informationen, die mit dem Fall zu tun haben. Ich kann mir nicht vorstellen, daß Dr. Edmundson oder Sie, Ms. Waite, über eine Anklage wegen Behinderung polizeilicher Ermittlungen entzückt wären. Ich werde in zwanzig Minuten in der Klinik sein."

„Bitte, warten Sie. Ich werde Dr. Edmundson fragen."

Noch immer grinsend sagte Anne: „Ich würde sagen, der gute Doktor wird ganz plötzlich zu sprechen sein."

Ihre Vorhersage stimmte. Helen Waite meldete sich wieder, um zu sagen, er würde sich freuen, Kommissarin Ashton zu sprechen – jederzeit.

Obwohl es zur Klinik nicht weit war, brauchten sie im dichten Feierabendverkehr tatsächlich zwanzig Minuten. Carol nahm die Gelegenheit wahr, Sybil anzurufen. Wenn sie nicht schwimmen gegangen war – ihr Haus befand sich an einem der schönsten Strände im Norden von Sydney –, mußte sie jetzt zu Hause sein, vielleicht erholte sie sich gerade, bei einem Drink die fantastische Aussicht genießend, vom anstrengenden Sprachunterricht für Migrantinnen.

Während Carol das Telefon läuten hörte, fragte sie sich, warum sie das tat. Sicher wäre es vernünftiger, zu warten, bis die Befragung von Edmundson vorbei war und sie nach Hause fahren, duschen und in legere Kleidung schlüpfen könnte. Gerade wollte sie auflegen, als Sybil sich meldete.

„Ich bin's", sagte Carol, sich plötzlich der jungen Wachtmeisterin neben sich bewußt.

„Carol?" Sybil klang überrascht. „Ist alles okay?"

„Alles in Ordnung." Jetzt, da sie Sybil am anderen Ende der Leitung hatte, wußte sie nicht, was sie sagen sollte.

Sybil beendete eine Pause, die allzu lang wurde. „Wenn

du wegen Tante Sarahs Party anrufst, sie hat mich bereits informiert. Wenn du willst, helfe ich gern.“

„Das wäre toll. Vielen Dank.“

Sybil gluckste, ein warmer Laut, der früher Carol das Herz umdrehte. „Carol, ich werde sogar dabei helfen, ihre Gästeliste auf ein erträgliches Maß zusammenzustreichen.“

„O bitte, tu das“, sagte Carol aus tiefster Brust. „Ich wäre dir ewig dankbar.“

Wieder eine verlegene Pause. Diesmal beendete Carol sie, indem sie sagte: „Da ist noch etwas. Tante Sarahs Porträt. Ich weiß, daß Yancey zur Zeit eine Ausstellung hat, aber ich würde es gern ausleihen als Mittelpunkt für die Party.“

Yancey Blake, seit einem Jahr Sybils Geliebte, war eine bekannte Malerin. Sie hatte Carols Tante gebeten, ihr Modell zu sitzen, und dabei war ein faszinierendes, außergewöhnliches Porträt entstanden. Die Tante Sarah, die sie von der Leinwand anschaute, war sehr naturgetreu mit all ihrer unbezähmbaren Lebenslust. Yancey hatte den Hintergrund mit Flora und Fauna ausgeschmückt, um Tante Sarahs Engagement für die Rettung des Ökosystems dieser Welt zu ehren.

„Ich dachte, du wüßtest es. Yancey und ich, wir haben uns getrennt.“

Carol wußte es, hatte aber nicht die Absicht, Sybil zu erzählen, daß Yancey angerufen und um ein Treffen gebeten hatte, bei dem sie ihr den Grund der Trennung nannte.

Carol fühlte sich unbehaglich, den sichersten Ausweg suchend, sagte sie: „Das tut mir leid.“ Mehr nicht.

„Ich werde Yancey wegen des Bildes anrufen.“

Carol hörte das Zögern in Sybils Stimme und sagte rasch: „Ich will dich nicht in eine unangenehme Lage bringen. Gib mir Yanceys Nummer, und ich rufe sie selbst an.“

Sie hatten die Straße erreicht, in der die Klinik lag. Carol sagte, sie müsse jetzt Schluß machen, entschuldigte sich für die abendliche Störung und legte auf.

Die Inner Grace-Klinik war diskret. Vielleicht war es Dr. Edmundson deshalb gelungen, die unvermeidlichen Klagen der Anwohner dieses vornehmen Stadtteils im Osten zu parieren, die natürlich nicht beglückt waren, in ihrem exklusiven Viertel ein Zentrum zur Behandlung Drogensüchtiger, wie reich oder berühmt auch immer, zu haben.

Die Klinik lag hinter einer hohen Mauer versteckt und war von der Straße nicht zu erkennen. Auf einem unauffälligen Schild stand INNER GRACE, ohne Hinweis auf eine medizinische Einrichtung. Eine baumbestandene Auffahrt führte zu einem zweistöckigen Gebäude von bemerkenswerter Schlichtheit. Offenbar war der Architekt angewiesen worden, darauf zu achten, daß nichts, woran man sich hätte erinnern können, die simple Fassade des Klinkerbaus störte. Wäre der Bau eine Person gewesen, dachte Carol, hätte man sie auf der Stelle vergessen.

Drinnen aber ähnelte die Klinik einem eleganten Hotel. Mit dicken Teppichen ausgelegt und sichtlich kostbar möbliert, hatte es eine Atmosphäre von diskretem Luxus. Als Carol und Anne Newsome durch die geätzten Glastüren eintraten, wurden sie von einer eleganten jungen Frau mit zurückhaltendem Lächeln begrüßt, die mit gedämpfter Stimme fragte, ob sie ihnen weiterhelfen könne.

Darüber informiert, daß sie mit Dr. Edmundson verabredet seien, rief sie irgendwo an, lächelte dann etwas zuvorkommender, um anzudeuten, daß sie die Gesichtskontrolle bestanden hatten. „Helen wird gleich bei Ihnen sein."

Helen Waite erschien und sah aus, wie Carol erwartet hatte: glatt, jung, tadellos gepflegt. Belustigt bemerkte Carol, daß ihr Begrüßungslächeln eher ein Lippenverziehen war, ihr Gesicht blieb ausdruckslos.

„Würden Sie mir bitte folgen", sagte sie und führte sie zu einem kleinen hübsch möblierten Besuchszimmer. „Dr. Edmundson wird sofort hier sein."

„Ärzte lassen einen immer warten", sagte Anne und ließ sich in einem eleganten Sessel nieder mit dem Ausdruck, als stelle sie sich auf eine lange Wartezeit ein. Sie hatte gerade eine Zeitschrift aufgeschlagen und Carol überrascht erklärt, daß es sich um eine aktuelle Ausgabe handle, als der Arzt erschien und sie in sein Sprechzimmer bat.

„Tut mir leid, daß Sie Probleme hatten, zu mir vorzudringen, Kommissarin Ashton. Manchmal ist die Belegschaft allzu fürsorglich. Ich hoffe, Sie akzeptieren meine Entschuldigung."

Carol hatte einen glatten, geschickten Gilbert Edmundson erwartet. Sie kannte sein resolutes Gesicht mit der Adlernase und den blendend weißen Zähnen. Im Fernsehen war er der perfekte Interviewpartner – stets parierte er mit forschem, fundiertem Biß. Oft befand er sich an der Seite unglücklicher Berühmtheiten, die unter Tränen ihren Drogenmißbrauch gestanden. Dr. Edmundson beendete derartige Auftritte mit der optimistischen Erklärung, seiner Überzeugung nach gäbe es keine Sucht, die man nicht überwinden könne, wenn man sich nur vertrauensvoll in die Obhut der Inner Grace-Klinik mit ihren hochqualifizierten Ärzten und Pflegepersonal begäbe.

In natura fand Carol den Mann sehr viel weniger glatt. Sein Lächeln wirkte echt, seine Erklärung, er wolle behilflich sein, wo immer möglich, war offensichtlich ernst gemeint.

Sein Sprechzimmer war schlicht möbliert und in neutralen Tönen gehalten.

Der einzige Farbfleck war ein Stilleben an der Wand hinter seinem Schreibtisch. Das Gemälde zeigte eine tiefblaue Schale mit Pfirsichen, die so real aussahen, daß Carol ihre samtige Haut fühlen und das saftige Fruchtfleisch schmecken konnte.

Er verschanzte sich nicht hinter seinem Schreibtisch, sondern bot Carol und Anne bequeme Sessel an und ließ sich ihnen gegenüber nieder. „Helen sagte, Sie hätten einen

Todesfall erwähnt. Ich nehme an, Sie reden von Milton. Sie müssen wissen, ich bin nur wenige Minuten nachdem es passierte, dort eingetroffen. In dem Moment habe ich es für einen schrecklichen Unfall gehalten und mir nichts Böses gedacht."

„Nach unseren Erkenntnissen erscheint ein Unfall unwahrscheinlich."

„Selbstmord haben Sie ausgeschlossen?"

„Auch das erscheint unwahrscheinlich", sagte Carol. „Uns wurde von Leuten, die Mr. Ryce gut gekannt haben, versichert, daß er sich nie das Leben genommen hätte. Sind Sie auch dieser Ansicht?"

„Milton und ich standen in keiner Arzt-Patient-Beziehung. Aber, ja, nach meinen Beobachtungen bezweifle ich, daß Selbstmord in Frage kommt." Er stützte das Kinn auf die verschränkten Finger. „Wenn seine Ausrüstung nicht defekt war, läßt das nur den widerwärtigen Gedanken zu, daß ihn jemand vorsätzlich umgebracht hat."

„Ich glaube, Ian McNamara hat Sie an die Absturzstelle gerufen."

Edmundson nahm die Hände herunter und schüttelte den Kopf. „Arme Kym", sagte er. „Sie war buchstäblich außer sich. Was nicht überrascht, nachdem sie Zeugin einer solchen Tragödie geworden war."

„Ist Ms. Watson eine Patientin von Ihnen?"

Edmundson bedachte Carol mit verständnisvollem Lächeln. „Kommissarin, ich weiß, daß Sie diese Fragen stellen müssen, aber ich muß Sie an die ärztliche Schweigepflicht erinnern."

„Ist Ms. Watson Ihre Patientin?"

„Wir sind befreundet – gute Bekannte, wirklich."

„Somit trifft hier die ärztliche Schweigepflicht nicht zu."

Edmundson runzelte die Stirn. „Ich habe ihr ein Beruhigungsmittel gegeben, insofern glaube ich, sagen zu können, daß Kym meine Patientin ist."

„Sie wußten, daß sie Milton Ryces Mätresse war?"

„Mätresse? Was für ein altmodisches Wort. Wenn ich mal raten darf, würde ich sagen, Frobisher hat Ihnen das erzählt. Er gehört zu der Sorte Menschen, die solche Begriffe verwenden. Er hält sich für kultiviert, wissen Sie, dabei ist er in Wahrheit ein Blender, finden Sie nicht auch?"

Anne schrieb eifrig mit, und Carol blickte zu ihr hinüber. „Von Lawrence Frobisher ist hier die Rede, Anne."

„Bestimmt haben Sie schon von diesem kleinen Schmutzfink gehört", sagte Edmundson zu Anne.

Anne nickte. „Der Lawrence Frobisher-Report. Ich habe es im Internet gesehen."

Edmundson schien noch etwas sagen zu wollen, aber Carol kam ihm zuvor: „War es allgemein bekannt, daß Kym Watson Ryces Geliebte war?"

„Wer immer es wissen wollte, wußte es."

„Auch Ryces Frau?"

Er beugte sich vor. „Natürlich wußte es Deanna. Milton war einer von den Männern, die immer nebenbei etwas zu laufen hatten. Deanna hat ihre Rivalinnen im Auge gehabt, um sicherzugehen, daß keine Affäre zu ernst wurde."

„Haben Sie Spaß an Streichen, Dr. Edmundson?" fragte Carol.

Er spitzte die Lippen und überlegte sichtlich, was er dazu sagen sollte. „Ich verabscheue sie, genau gesagt."

„Aber Milton Ryce fand sie toll, nicht wahr?"

Er zog ein Gesicht. „Milton hatte eine gemeine Ader und das Geld, ihr zu frönen."

„Trotzdem waren Sie Freunde?"

„Unsere Verbindung war... beruflicher Art."

„Sie haben ihn behandelt?"

Edmundson seufzte. „Ich nehme an, Sie werden so lange graben, bis Sie's rausgekriegt haben. Miltons Tochter Rae hatte eine Zeitlang ein Suchtproblem. Es war reines Glück, daß sie nie verhaftet wurde, insofern gibt es keinen polizeilichen Vermerk. Das ist alles, was ich sagen kann. Einzelheiten kann ich nicht offenlegen."

„Von welcher Sucht sprechen Sie, Dr. Edmundson?" fragte Carol, über seine Ausflucht verärgert. „Alkohol, Tabletten, Drogen? Eine Kombination von allem?"

Edmundson preßte die Lippen zusammen. „Ich glaube nicht, daß es in Raes Interesse ist, darüber zu sprechen, Kommissarin Ashton."

„Wir sind nicht vom Drogendezernat, Doktor. Wir untersuchen einen potentiellen Mord. Details über Ms. Ryces Drogenprobleme können bei unseren Ermittlungen durchaus sachdienlich sein." Und etwas liebenswürdiger fügte Carol hinzu: „Ich bin nicht hier, um Sie in Schwierigkeiten zu bringen. Wenn Sie mir ein paar Hinweise geben können, wäre ich Ihnen dankbar."

Nach einer Pause des Nachdenkens antwortete Edmundson: „Unter uns gesagt, vorwiegend Koks. Inhaliert, nicht injiziert. Auch ein paar Designerdrogen, Ecstacy zum Beispiel."

„Methamphetamin? Heroin?"

Er schüttelte den Kopf. „Nein, das glaube ich nicht."

„Hatte es mit Rae zu tun, daß es Sie letztes Wochenende nach Ryce Hall verschlagen hat?"

Edmundson lehnte sich zurück und überlegte sich sichtlich die Anwort. Schließlich sagte er: „Milton bat mich, seine Tochter zu behandeln. Er wollte Rae als Patientin in meine Klinik einweisen. Rae war dagegen. Ich bin nach Ryce Hall gefahren, um das ganze Problem mit Milton zu besprechen."

„Und was war das Ergebnis Ihrer Besprechung?"

Er zuckte die Achseln. „Null."

„War Rae dabei?"

„Als ich Freitagabend eintraf, war sie gerade vor mir angekommen."

„Wer war sonst noch anwesend?"

Irritiert über die Frage antwortete Edmundson: „Verity war da, entschuldigte sich aber nach ein paar Minuten, sie hätte Kopfschmerzen, und ging. Abgesehen von Rae bestand die Anwesenheitsliste aus mir, Milton, Kym und natürlich diesem klatschversessenen Mickerling Larry Frobisher."

„Mr. Frobisher mögen Sie wirklich nicht, stimmt's?"

„Er ist ein serviler kleiner Kriecher", antwortete er mit Abscheu. „Er hat mir doch tatsächlich Geld angeboten dafür, daß ich ihm als erstem stecke, wenn eine prominente Person sich in meine Klinik einliefern läßt. Als ich ihm unmißverständlich erklärte, er solle verschwinden, hatte er tatsächlich die Frechheit, sich an mein Personal anzuwanzen. Ich habe ihm eine Klage angedroht, daraufhin ist er abgezogen."

Bei dem Gedanken, daß sie bisher niemandem begegnet war, der Larry Frobisher mochte, außer vielleicht Ted Ryce, der sich über ihn zu amüsieren schien, fragte Carol: „Ted Ryce war nicht anwesend?"

„Ted hat sich den ganzen Freitagabendspaß entgehen lassen", erklärte Edmundson mit sarkastischem Lächeln. „Er kam erst Samstagfrüh mit Ian McNamara und einem Haufen Fallschirmgepäck. Sie haben mit uns gefrühstückt, und dann sind sie losgefahren, um das Zeug in das Flugzeug von *Skydivers Anonymous* zu verladen."

Carol beugte sich vor. „War die Fallschirmausrüstung von Milton Ryce und Verity Stuart auch bei dem Gepäck?"

„Ich hab' keine Ahnung. Dieser Sport interessiert mich nicht. Ich finde es idiotisch, aus einem Flugzeug ins Leere zu springen." Er grinste. „Das ist doch nicht natürlich, oder? Hätte Gott gewollt, daß wir fliegen, hätte er uns Flügel gegeben."

„Können wir zum Essen am Freitagabend zurückkehren? Sie haben es als einen spaßigen Abend bezeichnet."

„Sarkasmus, Kommissarin. Es war ein Debakel. Rae hat, was als einigermaßen netter Abend geplant war, in ein Schlachtfeld verwandelt. Sie hat schrecklich mit ihrem Vater gestritten über das, was sie seinen ‚verdammten Paternalismus' nannte, um nur eine ihrer gewählten Bezeichnungen zu erwähnen. Den Glanzpunkt des Abend setzte sie damit, daß sie die Decke vom Tisch riß und alles in unseren Schoß und zu Boden fiel. Dann stürmte sie, wie vorhersehbar, hinaus. Ich vermute, sie fuhr nach Sydney zurück."

„Man hat uns gesagt, sie befindet sich hier", sagte Carol.

Edmundson preßte die Lippen zusammen. Dann sagte er: „Ich habe Rae gesagt, sie soll niemanden anrufen. Wer war es? Verity? Deanna?"

„So etwas nenne ich einen Sinneswandel", erklärte Carol. „Am Freitag legt Rae Ryce eine Szene hin und stürmt davon, vermutlich weil sie sich dem Vorschlag ihres Vaters widersetzt, Ihre Patientin zu werden. Am Montag, o Wunder, ist sie in Ihrer Klinik. Was, glauben Sie, hat den Wandel bewirkt?"

„Rae ändert ihre Meinung ein Dutzend Mal am Tag. Sie können in dieser Minute ein Freund sein und in der nächsten ein Feind. Im Moment zählt sie mich zum befreundeten Lager."

„Haben Sie sie als Patientin aufgenommen?"

„Darüber kann ich nicht sprechen –"

„Ich erinnere Sie noch einmal daran, daß Milton Ryce wahrscheinlich ermordet wurde", sagte Carol kalt. „Unter diesen Umständen genießen Sie nicht den Luxus, die Zusammenarbeit mit der Polizei zu verweigern."

„Rae steht unter Beruhigungsmitteln. Sie können sie jetzt nicht sprechen."

„Wann können wir sie befragen?"

Edmundson seufzte. „Als erstes lassen Sie mich sagen, Rae ist ziemlich klar, aber natürlich sehr aufgewühlt."

„Sie wollen sagen, sie steht nicht unter dem Einfluß von Drogen?"

Er bedachte Carol mit einem säuerlichen Lächeln. „Genau das habe ich andeuten wollen. Sie hat vor einer Stunde eine leichte Beruhigungsspritze bekommen. Sie ist erschöpft, physisch und emotional, deshalb erwarte ich, daß sie bis morgen früh durchschläft. Wenn sie aufwacht, werde ich ihr sagen, daß Sie sie sprechen wollen."

„Sie schützen Ihre Patienten sehr?"

„Selbstverständlich." Er wirkte überrascht.

„Haben Sie deshalb einem Einwohner von Hash's Creek mit Klage gedroht?"

Edmundsons Gesicht verdüsterte sich. „Ich schätze, Sie meinen Stevie Johnson. Ich hörte, wie er sich über Rae das Maul zerrissen hat. Es war Verleumdung. Und das hab' ich ihm gesagt." Er lachte bitter. „Ich weiß nicht, warum ich mich da eingemischt hab', ehrlich gesagt. Rae ist sich selbst die größte Feindin. Sie bringt sich ständig in dramatische Situationen."

„Wieso das?"

Achselzucken. „Armes-kleines-reiches-Mädchen-Syndrom, Kommissarin. Wenn das jetzt alles ist..."

„Sie hatten vor einigen Monaten eine Auseinandersetzung mit Basil Clement. Ging es dabei auch um Rae Ryce?"

Edmundson lehnte sich in seinen Sessel zurück. Nach einer Pause antwortete er: „Ich habe Clement vorgeworfen, Rae die Drogen zu beschaffen. Er verwahrte sich dagegen und knallte mir eine. Ich hatte keine stichhaltigen Beweise, nur Gerüchte, und so verfolgte ich die Sache nicht weiter."

Carol stand auf. „Ich danke Ihnen, daß Sie sich die Zeit genommen haben."

Er griff zum Telefon. „Ich werde Helen bitten, Sie hinauszubegleiten."

Helen Waite erschien innerhalb von Sekunden und stand wartend an der Tür.

„Ach, übrigens, Dr. Edmundson", sagte Carol, „hatten Sie eigentlich die Absicht, uns zu sagen, daß Rae Ryce hier in der Klinik ist?"

„Ich hätte nicht gelogen, wenn Sie mich gefragt hätten.“

„Das ist beruhigend“, sagte Carol. „Ein letzter Punkt. Ich erwarte nicht, daß Sie mir morgen früh erklären, Rae habe die Klinik verlassen, ohne mit mir zu sprechen.“

Er nickte knapp. „Ich verstehe Sie durchaus, Kommissarin. Dazu wird es nicht kommen, wenn ich es verhindern kann.“

Helen begleitete Carol und Anne zum Eingang. „Guten Abend, Kommissarin Ashton, Wachtmeisterin Newsome.“ Ganz offen wartete sie darauf, daß sie die Klinik verließen.

Draußen bemerkte Anne grinsend: „Ich glaube nicht, daß Ms. Waite uns sehr mag.“

„Sie hat ihren Chef nicht vor uns bewahren können. Deshalb“, erwiderte Carol und hörte ihre Mailbox ab. Sie hatte das Telefon auf Vibrieren gestellt, um Unterbrechungen beim Gespräch mit Dr. Edmundson zu vermeiden. Jemand – sie hoffte Mark Bourke – hatte angerufen, nachdem sie und Anne ins Sprechzimmer des Arztes geführt worden waren.

Bourke hatte eine Nachricht hinterlassen: „Der Mann von der Tresorfirma hatte Mühe, den Safe aufzukriegen. Aber es hat sich gelohnt. Bargeld – sieht nach einer halben Million aus –, zwei Kilo einer Substanz, die das Labor als Methamphetamin identifizieren wird, da bin ich sicher, und eine kleine Menge Kokain. Wir haben den Jackpot geknackt, Carol.“

10

Carol wartete, bis sie zu Hause war, ehe sie Bourke zurückrief. Als er sich meldete, hörte sie im Hintergrund gedämpftes Reden, übertönt von Joycies dröhnender Stimme. „Ich sitze im Speiseraum, und Joycie leistet mir Gesellschaft“, erklärte Bourke.

„Ich hab' dich gewarnt, Mark. Sie hat einen Narren an dir gefressen."

Bourke gluckste. „Dann laß mich lieber nicht allzu lange hier, Carol. Pat würde es dir nicht verzeihen, wenn ich der Versuchung erliegen sollte."

Grinsend versuchte Carol, sich eine Romanze zwischen Joycie und Mark vorzustellen, vergeblich. „Hört Joycie unser Gespräch mit an?"

„Na klar. Warte, ich gehe nach draußen."

Kurz darauf waren die Hintergrundgeräusche abgeebbt. „Also", sagte Bourke, „ich bin jetzt auf der Veranda, und niemand ist in der Nähe."

„Was ist mit dem Inhalt des Safes geschehen?"

„Ich habe ihn dem Polizeichef des Bezirks überantwortet. Er sorgt dafür, daß alles unter Bewachung nach Sydney gebracht wird."

„Wer war Zeuge beim Öffnen?" fragte Carol. Bei einem so prominenten Fall, wo alles genau überprüft würde, war es wichtig, daß es keine Gelegenheit gab, die Beweiskette in Frage zu stellen.

„Ron Dale, der Safeknacker, natürlich, und ich hatte Clive Whistler, Huffners Partner, bei mir. Er hat das Öffnen des Tresors bezeugt, zusammen haben wir den Inhalt katalogisiert und die Liste abgezeichnet."

„Ich bin überrascht, daß Inspektor Huffner nicht darauf bestanden hat, selbst dabeizusein", sagte Carol trocken.

„Huffner hat sich ordentlich ins Zeug gelegt, aber ich habe ihm erklärt, daß Hash's Creek jetzt eine feste Hand am Ruder brauche. Das Argument hat ihn nicht beeindruckt, so mußte ich deutlich werden und ihm sagen, er soll abzwitschern. Ich schätze, er wird eine Beschwerde einreichen."

„Inspektor Huffner kann von Glück sagen, wenn er eine genauere Überprüfung seiner Amtsführung überlebt", erklärte Carol scharf. „Je mehr mir zu Ohren kommt, desto mehr halte ich ihn für korrupt. Bis jetzt sah es nach Kleinigkeiten aus, Unterdrückung von Strafzetteln bei Geschwindigkeitsübertretung oder Trunkenheit am Steuer bei einflußreichen Mitbürgern. Vielleicht unterschätze ich den Inspektor auch. Vielleicht steckt er in der exklusiven Drogenszene."

„Vielleicht ja, am Rande. Ron hat so lange gebraucht, um den Safe zu öffnen, daß ich mich bis dahin mit Clive Whistler ziemlich angefreundet habe", sagte Bourke. „Wir hatten eine angeregte, nicht immer schmeichelhafte Unterhaltung über unsere Vorgesetzten."

„Besten Dank, Mark", sagte Carol lachend.

„Das Ganze diente ja einem guten Zweck. Er hat sich ganz schön ausgelassen. Offenbar gibt Huffner damit an, wie gut er sich mit Basil Clement versteht. Whistlers Ansicht nach schmiert Clement ihm Honig ums Maul, damit Huffner ein Auge zudrückt bei den wilden Parties, die Basil veranstaltet."

„Das ist höchstens ein milder Fall von Bestechung."

„Ich glaube, da ist mehr dran, Carol. Clement hat in den Jahren als Golfprofi ein Vermögen gemacht, aber er hat auch ein Vermögen verschleudert. Und jetzt schießt er Millionen in das Haus am Palm Beach, das er baut. Doch selbst mit diesem Abfließen seiner Rücklagen wirft Basil Clement mit Geld um sich, als gäbe es kein Morgen."

„Drogengeld?" fragte Carol. „Du willst andeuten, daß Huffner da involviert ist?"

„Ich glaube, daß Huffner geschmiert wird, damit er Augen und Ohren verschließt – wie bei den nächtlichen Starts und Landungen auf Ryces Flugplatz."

„Und Milton hat die Kombination für den Safe. Ich glaube nicht, daß Ryce den Stoff nur für jemanden aufbewahrt. Viel wahrscheinlicher ist, daß er und Basil Partner sind."

„Gut möglich", antwortete Bourke. „Ich wollte Whistler gerade fragen, ob ihm darüber etwas zu Ohren gekommen ist, aber in dem Moment bekam Ron den Safe auf, und da war bei Whistler an so etwas nicht mehr zu denken. Er rief wohl zwanzigmal: ‚Scheiße, sieh dir das an!' Bis ich sagte, er solle den Mund halten, das hat er wörtlich genommen. Außerdem konnte ich sehen, wie eilig er es hatte, wegzukommen und seine Freunde zu beeindrucken mit dem, was er gesehen hatte. Ich hab' ihm gesagt, daß es sich um Beweismittel bei der Untersuchung des Todes von Ryce handle und er über unseren Fund Stillschweigen zu wahren habe."

„Damit ist die Katze aus dem Sack." Carol klang zynisch und abgenervt.

Bourke schnaubte. „Aus dem Sack und in Windeseile herum. Ich würde sagen, daß halb Hash's Creek inzwischen weiß, was im Safe war."

„Was ist mit Ron Dale? Wird er es weitersagen?"

„Ron? Tja. er hat alles mitangesehen. Er sagte, in seinem ganzen Berufsleben hätte er noch nie so etwas zu sehen gekriegt. Er wird wohl nicht tratschen, aber das ist ja egal, da die Gesetzeshüter von Hash's Creek die Fakten wissen."

„Sobald es herum ist, wird es einen Presseauflauf geben", sagte Carol. „Wenn man von dir eine Erklärung will, sagst du, es wird eine Pressekonferenz geben, aber sei vage in bezug auf den Zeitpunkt."

„Starreporterin Yvonne Knight hat mich bereits bestürmt", sagte Bourke mit nachsichtigem Lachen. „Ich sagte nur immerzu: ‚Kein Kommentar', da war sie gar nicht erfreut."

Dann sagte Bourke, er habe Carol per E-mail die genaue Auflistung des Tresorinhalts geschickt. Unter den Geschäftspapieren sei eine Kopie des letzten Willens von Ryce gewesen.

„Hast du einen Blick hineingeworfen?" fragte Carol höchst interessiert.

„Flüchtig. Das Testament wurde kürzlich verfaßt, unterschrieben und bezeugt. Was aber wichtiger ist, es teilt das Vermögen von Ryce so auf, wie Larry Frobisher gesagt hat. Das heißt, abgesehen von einer beträchtlichen Summe für die Erforschung von Kinderkrankheiten geht die Hälfte an seine Frau und je ein Viertel an Sohn und Tochter."

„Du hattest wohl noch keine Gelegenheit, dich mit Polly Treeve zu unterhalten?"

„Noch nicht, Carol. Aber ich habe sie dazu gekriegt, mich morgen zum Frühstück nach Ryce Hall einzuladen, leider zu einer unchristlich frühen Stunde."

„Ich wußte, daß Polly deinem Charme verfallen wird."

„Mal sehen, was ich aus ihr herausholen kann, bevor du mir gratulierst. Jedenfalls werden wir bei unserer Unterhaltung keinen Zaungast haben, da Bendix heute abend Ted nach Sydney zurückgeflogen hat."

„Was ist mit Frobisher und Kymberley Watson? Sind die noch in Ryce Hall?"

„Auch sie sind fort, mit dem Wagen. Das war sehr lustig. In meiner Gegenwart fragte Frobisher Ted, ob er und Kymberly mitfliegen könnten. Ich wiederhole Teds Antwort: ‚Kym ist willkommen, aber was dich betrifft, du kleiner schnorrender Schleimscheißer, war das der letzte Gefallen, den du von den Ryces gekriegt hast. Sieh zu, wie du heimkommst.'"

„O je", sagte Carol. „Der arme Larry. Und dabei habe ich gedacht, daß Ted wohl der einzige ist, der Frobisher mag. Hast du eine Ahnung, was Ted gegen ihn aufgebracht hat?"

„Keinen Schimmer. Du mußt zugeben, daß offenbar niemand für diesen Kerl etwas übrig hat, auch wenn Kymberly Watson am Freitagnachmittag mit ihm nach Hash's Creek gefahren ist und ihn immerhin soweit mag, daß sie mit ihm nach Sydney zurückkehrte. Ich sah, wie sie ihre Sachen in seinen monströsen Geländewagen geladen hat."

„Wenn du mit Polly Treeve sprichst, frag sie, ob sie etwas darüber weiß, daß Ryce Frobisher eine Verleumdungsklage angedroht hat."

„Ich würde meinen, daß Frobisher mindestens einmal pro Woche eine Klage angedroht wird", sagte Bourke. „Sein Report ist hart an der Schmerzgrenze. Woher weißt du, daß Ryce ihn verklagen wollte?"

„Von Verity Stuart." Carol berichtete ihm von der Befragung und denen von Deanna Ryce und Gilbert Edmundson. Als er hörte, daß Rae Ryce sich in der Inner Grace-Klinik befand, sagte Bourke: „Über Rae habe ich weitere Informationen. Offenbar hat sie heftig gekokst. Inhaliert, nicht gespritzt."

„Ja, Dr. Edmundson hat bestätigt, daß sie kokst."

„Wenn sich in dem kleineren Paket im Tresor Kokain befand – und davon bin ich überzeugt –, sieht mir das fast so aus, als könnte Pappi es ihr beschafft haben."

„Oder Ryce hat es ihr abgenommen und weggeschlossen, damit sie nicht dran kann."

„Deshalb befördern sie dich zur Hauptkommissarin", sagte Bourke lachend. „Du bist einfach scharfsinnig!"

Nach dem Gespräch mit Bourke sank Carol auf einen Küchenstuhl. Sie überlegte, ob sie etwas kochen sollte, fühlte sich aber zu erledigt dazu. Sinker, ihr schwarzweißer Kater, zeigte ihr die kalte Schulter, weil sie gewagt hatte, eine Nacht und fast zwei Tage lang nicht daheim zu sein. Er saß mit dem Rücken zu ihr an der Glasschiebetür und starrte auf die Terrasse hinaus, als ob sie gar nicht existiere.

„Es gibt keinen Grund, dich zu beklagen", sagte Carol zu ihm. „Du hast nicht gehungert, nicht wahr?"

Sinker fauchte fast. Sicher, die Nachbarin hatte ihn gefüttert, aber das war schließlich nicht dasselbe, schien sein pelziger Rücken zu sagen.

Carol hörte rasch die einzige Nachricht auf ihrem Anrufbeantworter ab. Sie war um neunzehn Uhr von Lillian Broadhall hinterlassen worden, einer Freundin von Tante Sarah, ebenfalls eine Ökohexe von einigem Kaliber. In ihrer knappen Art nannte Lillian Namen und Telefonnummer und sagte dann: „Sarahs Party, Carol. Zuviel Arbeit für Sie allein. Ich werde sie koordinieren. Die Hexen sorgen fürs Essen. Und das Datum ändert sich. Kurzfristig muß es auf das übernächste Wochenende verlegt werden. Rufen Sie mich vor dreiundzwanzig Uhr an. Sonst morgen früh, jederzeit nach sechs."

Carol fühlte sich nicht in der Lage, heute noch mit irgendwem zu sprechen, und beschloß, Lillian am Morgen anzurufen. Sie holte sich ein Stück Käse und ein paar Kräcker, machte sich einen Becher Kaffee und schlenderte damit ins Wohnzimmer zum Sofa. Sie legte die Füße hoch und sah sich die Spätnachrichten an.

Milton Ryces Tod war noch immer an prominenter Stelle, obwohl ein satanischer Kindesmißbrauch in einem Vorstadtkindergarten ihn vom ersten Platz verdrängt hatte. Carol sah zum x-ten Mal den Absturz von Ryce, und fragte sich wieder, was für ein Sohn das war, der diesen Film gewinnbringend verhökern konnte. Das verleitete sie zu einigem Grübeln über die Familie Ryce. Deanna schien ihren Mann zu verachten. Ted schien die Tragödie kaum zu berühren, und Rae hatte gesagt, sie sei froh, daß ihr Vater tot sei, aber vielleicht war sie auf Drogen gewesen, als sie das sagte.

Wenn, dann hatte sie wahrscheinlich Kokain genommen. Kokain putschte das zentrale Nervensystem, Körpertemperatur, Herzschlag und Blutdruck auf, deshalb bestand hochgradig Suchtgefahr, aber wenn Rae das Pulver durch die Nase inhalierte, war das immer noch besser, als wenn sie sich die Droge spritzte oder mit Crack verschnitten rauchte. Alle drei Methoden waren gefährlich, aber Crackraucher erlitten oft akute Atemprobleme, und bei der Nadel gab es das Risiko, sich mit Hepatitis oder AIDS zu infizieren.

Carol sah Ryces Tochter vor sich, wie sie auf der Weide gestanden hatte, wo ihr Vater abgestürzt war. Kokser waren oft ruhelos, irritiert, ängstlich. Das könnte auf Rae Ryce am Sonntag zugetroffen haben, aber es könnte ebensogut die normale Reaktion auf den gewaltsamen Tod eines nahestehenden Menschen gewesen sein.

Im Rückblick war es seltsam, wie sich Raes Haltung veränderte, als Carol erwähnt hatte, der Tod ihres Vaters sei womöglich kein Unfall gewesen. Raes wütende Feindseligkeit hatte sich abrupt in perplexen Schock verwandelt, und sie war hastig davongerannt.

Wenn diese Schockiertheit echt war, konnte sie Rae Ryce von der Liste streichen, denn bis Carol von Mord sprach, hatte Rae geglaubt, ihres Vaters Tod sei ein Unfall gewesen. Nachdem sie davongerannt war, wohin war sie gegangen und warum? Um jemanden zu konfrontieren und des Mordes zu beschuldigen? Um jemanden zu warnen? Wenn der Pförtner bei Basil Clement recht hatte, war sie am Spätnachmittag eingetroffen. Dazwischen klafften mindestens zwei Stunden. Carol stellte den Fernseher ab, griff zum Telefon und wählte Bourkes Handynummer. Diesmal war der Geräuschpegel im Hintergrund noch lauter. „Du bist in der Bar, Mark?"

„Bin ich, Carol. Dienstlich natürlich."

„Hier ist noch ein Punkt für deine Liste. Ich möchte wissen, wo Rae Ryce in den zwei Stunden zwischen dem Verlassen der Weide und dem Auftauchen bei den Clements war."

Carol legte auf. Gedankenverloren streichelte sie Sinker, der offensichtlich beschlossen hatte, ihr zu verzeihen, und machte den Plan für den nöchsten Tag. Zuerst würde sie ihren üblichen Morgenlauf absolvieren, dann Lillian Broadhall anrufen. Danach Yancy Blake kontaktieren, ob sie das Porträt von Tante Sarah ausleihen könne. Im Büro würde sie Les Upton auf die Spur des Geldes setzen, er verstand es glänzend, finanzielle Details ans Licht zu bringen. Maureen Oatland konnte Sandy Boyne, Ryces Chauffeur, auftreiben und dann recherchieren, ob ein Opfer der Streiche von Ryce für den Mord in Frage käme. Carol und Anne würden Rae Ryce befragen, wenn sie nicht aus der Klinik getürmt war, und danach Richie Keele, das am meisten gedemütigte Opfer von Ryce. Und dann war da noch Ian McNamara – der angebliche Liebhaber von Miltons Frau mußte ja auch noch vernommen werden.

Plötzlich überkam Carol das Verlangen, Leota anzurufen. Dank der Zeitverschiebung lagen die Vereinigten Staaten fast einen ganzen Tag hinter Australien. In Washington D.C. war jetzt früher Sonntagmorgen. Sie griff nach dem Hörer, dann zog sie die Hand zurück. Es war vorbei, es hatte keinen Sinn, die Trennung hinauszuziehen. Leota würde nicht nach Australien ziehen. Und Carol nicht in die Staaten.

„Ich fühle mich einfach müde und allein", vertraute sie Sinker an. Er antwortete mit einem rosafarbenen Gähnen.

„Wie recht du hast", sagte Carol und stand auf. „Sich selbst zu bemitleiden ist langweilig."

★★★

Carol erinnerte sich selten an mehr als Bruckstücke ihrer Träume, aber diesmal träumte sie so lebhaft, daß sie sich beim Aufwachen davon überzeugen mußte, daß es tatsächlich ein Traum, nicht die Wirklichkeit gewesen war.

Im Traum lag sie nackt auf einem zerwühlten Bett in einem mondhellen Zimmer mit dunklen Schatten. Eine Brise blähte die Vorhänge am Fenster zu seidenen Segeln und liebkoste ihre Haut wie die Finger einer Geliebten, bis sie wilde, unbezähmbare Lust befiel – ein süßer Schmerz, der wuchs, bis sie unter seiner Intensität erzitterte.

Abrupt wurde ihr bewußt, daß sie nicht mehr allein war. Eine Frau in fließenden Gewändern stand im Schatten des Zimmers. Carol konnte ihr Gesicht nicht sehen, aber es war ihr irgendwie vertraut.

Die Frau flüsterte Carols Namen, so tief und betörend, daß Carol heftiges Begehren überfiel. „Soll ich zu dir kommen?"

„Ja", sagte Carol. „Ja!"

„Schließ deine Augen."

„Nein, ich –“

„Schließ deine Augen.“

Carol zögerte, dann tat sie, wie geheißen. Sie hörte das Rascheln weichen Gewebes, dann wurden ihr die Augen verbunden.

„Wer bist du?“ fragte Carol.

„Du weißt es.“

Carol wollte widersprechen, als die Lippen der Frau sie berührten. Ein Kuß, der dauerte, ein Kuß, der Carol erzittern ließ, bis sie vor Verlangen bebte, vor Verlangen nach Erlösung und mehr, viel mehr. Nach Liebe, Verständnis, Akzeptanz. Sie drehte den Kopf weg, um den Kuß zu beenden. „Bitte –“

Irgendwie wußte sie, daß ihre unbekannte Geliebte lächelte. Worte, die sie sagen wollte, stiegen auf und segelten davon, als die Finger der Frau ihr Zentrum fanden. Ein Wirbel erfaßte Carol. Hatte es je eine Geliebte gegeben, so unwiderstehlich, so beharrlich, so unnachgiebig? Carol spürte, wie sie zum Höhepunkt kam. Mehr konnte sie nicht empfinden. Und doch wurde sie höher und höher getrieben.

Funken zerbarsten hinter ihren geschlossenen Augen. Ihr Körper bäumte sich auf. Sie hörte sich schreien.

Eine wundervolle Mattigkeit befiel sie. Carol hob die Hand, um die Augenbinde abzuziehen, sie brannte darauf, das Gesicht der Frau zu sehen, die ihr solche Lust bereitet hatte.

Die war in den Schatten zurückgewichen.

„Geh nicht weg.“

„Ich muß.“

„Aber ich weiß nicht, wer du bist.“

Die Gestalt hielt an der Tür. Ehe sie im Dunkeln verschwand, flüsterte sie: „Du weißt es, Carol. Du weißt es.“

Eine schwarze Welle der Verlassenheit schoß in ihr hoch. Dann wachte sie auf.

11

Lillian Broadhall meldete sich knapp. Ihr Ton sagte, daß man besser gute Gründe für den Anruf anzuführen hatte.

„Hier ist Carol. Ich habe gestern Ihre Nachricht gehört, aber da war es schon spät, deshalb rufe ich Sie jetzt an."

„Carol", sagte Lillian mit bedeutend wärmerer Stimme, „was Sarahs Party betrifft, können Sie sich beruhigen. Sehr unvernünftig, zu erwarten, daß Sie die Sache allein durchziehen. Es reicht schon, wenn Sie Ihr wundervolles Haus zur Verfügung stellen. Ich koordiniere das Ganze. Die Hexen sorgen für die Verpflegung, die Einladungen und so weiter."

„Sie sagten etwas von einer Terminänderung..."

„Richtig. Hoffentlich paßt es Ihnen. Es muß das übernächste Wochenende sein. Samstagabend vorzugsweise. Muß die Einladungen ganz schnell per E-mail rausbringen."

Carol kannte Lillians Stakkatoton und amüsierte sich oft, wenn sie sich dabei überraschte, diesen Ton zu imitieren. „Grund für die Verlegung?"

„Wichtige Umweltkonferenz in Brasilien zur Erderwärmung. Beginnt in der Woche von Sarahs Geburtstag. Als Präsidentin der Ökohexen ist ihre Teilnahme unerläßlich."

„Samstagabend geht klar, Lillian. Da Sie die Koordination übernehmen – was kann ich beitragen?"

Lillian versicherte Carol, es reiche, daß sie ihr Haus zur Verfügung stelle, versprach, die Gästeliste per E-mail zu senden und legte mit einem knappen „Bis dann" auf.

Carol, die wußte, daß Tante Sarah immer im Morgengrauen aufstand, wählte ihre Nummer. „Hier Carol. Ich habe gerade mit Lillian über deine Party gesprochen."

„Ach, Schätzchen", sagte ihre Tante hörbar gedämpft. „Lillian hat mir die Leviten gelesen. Und sie hat recht. Ich hätte nicht von dir verlangen sollen, meine Party zu schmeißen, ohne zu fragen, ob du das überhaupt willst. Zum Glück übernehmen die Hexen die Sache, so daß du nicht die ganze Arbeit am Hals hast."

„Übernehmen stimmt."

„Ist es dir nicht recht, Carol?"

„Nicht recht? Ich bin begeistert. Und der frühere Zeitpunkt paßt mir gut."

„Lillian hat dir von der Konferenz in Südamerika erzählt?"

„Sie hat ein paar Worte über die Lippen gebracht."

„Stell dir vor, Schätzchen", Tante Sarah klang um einiges fröhlicher, „ich werde in Brasilien sein. *Brasilien*. Und ich werde auf der Konferenz eine der Hauptrednerinnen sein! Ich werde die Botschaft der *Ökohexen für die Umwelt* in die ganze Welt hinaustragen."

„Tante Sarah, das ist fantastisch."

„Ich feile bereits an meiner Rede, Carol. Ich dachte daran, mich als eine bedrohte Tierart verkleidet zu präsentieren, um die Sache aufzumöbeln. Was hältst du davon?"

Carol erinnerte sich an das Straßentheater, bei dem Tante Sarah sich als pestizidverseuchter Schmetterling kostümiert hatte, und war sicher, daß sie es auch hier auf den größten optischen Eindruck anlegen würde. „Du wirst bestimmt im Rampenlicht stehen", antwortete sie diplomatisch.

„Ich wußte, daß dir das gefällt", sagte Tante Sarah.

★★★

Carol hatte eben ihr Büro betreten und ihre Aktentasche abgelegt, als Lester Upton hereinkam. „Zwei Dinge. Erstens, das Labor hat die Nachricht hinterlassen, daß sich auf dem Fallschirmgepäck keine brauchbaren Fingerabdrücke befunden haben. Außerdem haben sie analysiert, was sich in den Päckchen in Ryces Safe befand. Im kleineren war reines Kokain, im anderen Methamphetamin." Ein seltenes Lächeln trat auf sein Gesicht. „Sie müssen denen mächtig Feuer unterm Hintern gemacht haben. Ich habe noch nie erlebt, daß das Labor über Nacht mit Ergebnissen ankam."

„Schreiben Sie es meiner gewinnenden Persönlichkeit zu. Und was war das Zweite?"

„Ein gewisser Sandy Boyne wollte Sie sprechen. Ich habe gesagt, daß Sie zurückrufen. Er meinte, er hätte Ihnen etwas Interessantes zum Ryce-Fall zu erzählen."

Les war vor wenigen Monaten ihrem Team aushilfsweise zugeteilt worden, und sie hatte ihn behalten, als eine Stelle frei wurde. Sicher nicht, weil er so spritzig und gewitzt war. Obwohl er nicht unansehnlich war und gut in Form, ließen seine gleichmütige Art und monotone Stimme auf eine abgestumpfte Persönlichkeit schließen. Insofern hatte er Carol mit einem verborgenen trockenen Humor richtiggehend überrascht. Außerdem war er unglaublich verbissen und sehr begabt, wenn es darum ging, finanzielle Spuren zu verfolgen. Details schienen ihm Spaß zu machen, langwierige Kleinarbeit, über die andere stöhnten, erregte unweigerlich sein Interesse, so daß er sich fast enthusiastisch zeigte, als Carol ihn mit dem Recherchieren der finanziellen Seite im Fall Ryce betraute.

Sie wählte die Nummer, die Upton ihr reichte. Sandy Boyne meldete sich. „Sind Sie das, Kommissarin?"

„Ja, Mr. Boyne. Sie wollten mich sprechen?"

„Das können Sie wohl sagen. Ich bin nicht weit vom Präsidium entfernt. Möchten Sie, daß ich hinkomme? Ich könnte in fünfzehn Minuten da sein."

„Das wäre sehr hilfreich."

Als der Chauffeur aufgelegt hatte, grübelte Carol über der Liste des Inhalts von Ryces Tresor. Sie rief einen Freund im

Drogendezernat an und redete ein paar Minuten mit ihm, dann saß sie da und tippte mit ihrem Stift auf den Schreibtisch. Gegen Morris und Basil Clement wurde verdeckt ermittelt wegen Drogenhandels in großem Maßstab, und Milton Ryce war, wie der Freund sakastisch bemerkt hatte, „eine Person von Interesse".

Das kleinere der beiden Pakete im Tresor enthielt Kokain. Das nach Australien eingeschmuggelte Kokain stammte überwiegend aus Südamerika. Reines Kokainpulver wie das in Ryces Safe gefundene, wurde mit anderen Substanzen, zum Beispiel Talkum- oder sogar Waschpulver, gestreckt, bevor es auf der Straße verkauft wurde. Der Preis variierte, aber mit etwa hundert Dollar pro Gramm konnte man rechnen.

Methamphetamin, die andere im Safe gefundene Droge, kam in der Partyszene immer mehr in Mode. Meth mußte nicht importiert werden, es konnte mit minimaler Kenntnis in jedem provisorischen Labor zusammengebraut werden. Es bestand aus Chemikalien, die sich aus frei verfügbaren Produkten leicht extrahieren ließen, das daraus gewonnene weiße Kristallpulver hatte eine dramatische Wirkung auf den Körper. Wer es einnahm, verspürte einen enormen Energieschub, die Körpertemperatur erhöhte sich. Die Droge wirkte gegen Müdigkeit und zügelte den Appetit. Sie machte hochgradig süchtig, die Folgen waren Halluzinationen, Paranoia, bei manchen unkontrollierte Raserei. Bei denen, die sie über einen längeren Zeitraum einnahmen, zeigten sich Schäden vor allem in bezug auf Lernfähigkeit und Gedächtnis. Methamphetaminabhängigkeit war schwer zu behandeln, die Heilungsrate minimal.

Carol dachte bitter, Meth sei eigentlich die ideale verbotene Ware: Billig und einfach in der Herstellung, hochgradig abhängig machend, äußerst lukrativ. Ein paar Probleme gab es allerdings: Methlabors verwendeten ätzende und toxische Chemikalien, die explodieren konnten, deshalb brachen oft

Brände aus. Beim Herstellungsprozeß bildeten sich Gerüche, die fast nicht zu verbergen waren. Mit jedem Kilo Methamphetamin wurden fünf Kilo hochgiftigen Abfalls produziert.

Les Upton klopfte an die Tür. „Mr. Boyne ist hier."

Sandy Boyne war ein kleiner stämmiger Mann mit einem weißen Haarschopf. Er hatte einen kleinen Schmollmund, rosige Wangen und tiefe Grübchen, wodurch er wie ein in die Jahre gekommenes Engelchen wirkte.

Mit ausgestreckter Hand kam er in Carols Büro, ergriff die ihre und schüttelte sie heftig. „Kommissarin Ashton! Ich habe Ihre Karriere mit Interesse verfolgt. Ich habe an Kriminalfällen ein bißchen einen Narren gefressen, wissen Sie." Sein Akzent war britisch, und Carol sah, daß er einen kleinen Union-Jack-Anstecker am Revers trug.

„Es ist sehr nett, daß Sie hergekommen sind, Mr. Boyne."

„Ich hielt es für meine Pflicht, wissen Sie das nicht?"

Er setzte sich und sah sie erwartungsvoll an. „Ganz abscheulicher Mord", sagte er. „Ryce, meine ich. Kein böser Unfall, sondern Absicht."

„Sie haben Informationen für mich, Mr. Boyne?"

„Die Gattin hat mich gefeuert, ich schätze, das wissen Sie." Bei dem Gedanken röteten sich seine Wangen noch mehr. „Verdammte Schande. Völlig unberechtigt. Hab' nur ein bißchen mit Bendix geplaudert – Sie kennen den Piloten, ja? – und dabei zufällig erwähnt, daß dieser McNamara Mrs. Ryce enorm nahe steht. Ein kleiner Skandal, was? Irgendwie hat sie's gehört und gab mir meinen Marschbefehl."

Wenn sie etwas erfahren wollte, war Carol klar, mußte sie ihre Frage wiederholen, bis sie eine direkte Antwort bekam. Also sagte sie: „Sie wollten mich unbedingt sprechen. Haben Sie Informationen für mich, die Mr. Ryces Tod betreffen?"

„Motiv, werte Frau, Motiv."

„Ja, Mr. Boyne...?" Carol dachte sarkastisch, daß es für Milton Ryces Tod an Motiven wahrhaftig nicht mangelte.

„Als Chauffeur hört man viele Dinge. Komisch, daß die Leute zu glauben scheinen, wer eine Uniform trägt, ist taub."

Er hielt inne, sah sie erwartungsvoll an, als rechne er mit ihrer Bestätigung seiner Beobachtung. Carol nickte ermunternd, Boyne fuhr fort: „Füge die Teile zusammen, Kommissarin, das habe ich getan. Nicht daß ich gelauscht hätte, aber die Teilchen und Stückchen fügen sich halt zusammen."

Carol verkniff sich die scharfe Bemerkung, endlich zur Sache zu kommen. „Ich wäre Ihnen sehr verbunden, wenn Sie mir sagen, was Ihre Mutmaßungen sind."

„*Mutmaßungen*. Das ist das Wort. Obwohl *Schlußfolgerungen* es vielleicht eher träfe..."

„Mr. Boyne!"

Sandy Boyne klapperte mit den Lidern bei Carols schneidendem Ton. „Oh, Tschuldigung, Kommissarin, ich komme schon drauf zurück." Er sammelte sich und sagte rasch: „Sie haben Mr. Clement kennengelernt? Er ist oft mitgefahren und hat mit Mr. Ryce über Geschäfte geredet. Und nicht alle diese Geschäfte waren legal, Kommissarin."

„Könnten Sie sich genauer ausdrücken?"

„Drogen. Sie hatten eine Art Partnerschaft und handelten mit illegalen Drogen."

„Basil Clement und Milton Ryce waren Partner im Drogenhandel?"

Boyne starrte sie entgeistert an. „*Basil*?" fragte er. „Wie kommen Sie auf die Idee? Ich rede von *Morris* Clement."

★★★

Nachdem Carol Sandy Boyne hinausbegleitet hatte, kehrte sie in ihr Büro zurück, wo Anne sie erwartete. Seine Information war vage gewesen, eben wie Boyne gesagt hatte: „Ein Eindruck, wissen Sie", so daß Carol beschloß, heute keine formelle Aussage von ihm aufnehmen zu lassen.

„Rae Ryce scharrt mit den Hufen", sagte Anne. „Helen Waite hat angerufen, Dr. Edmundson lasse uns wissen, daß Rae Anstalten mache, die Inner Grace-Klinik zu verlassen."

„Okay, rufen Sie zurück und fordern Sie, daß Rae dort bleibt. Ich treffe Sie in fünf Minuten in der Tiefgarage."

Carol raffte in ihrem Büro ihre Sachen zusammen. Aus einem Impuls heraus wählte sie Yancey Blakes Nummer. „Yancey, Carol Ashton hier. Wie geht es Ihnen?"

„Ganz gut, Carol, aber ich kann mir nicht vorstellen, daß Sie anrufen, um sich nach meinem Befinden zu erkundigen. Also, was kann ich für Sie tun?"

Carol sah die Frau am anderen Ende der Leitung vor sich. Das Bemerkenswerteste an ihr war ihr durchdringender Blick. Carol schob das auf die Tatsache, daß Yancey Porträtmalerin war. Und dann hatte sie noch dieses volle rotbraune Haar.

Da Anne sie inzwischen wahrscheinlich beim Wagen erwartete, erklärte Carol knapp, warum sie Tante Sarahs Porträt ausleihen wollte.

„Kein Problem", sagte Yancey.

„Und Sie sind natürlich zur Party eingeladen."

„Ich glaube, daraus wird nichts, Carol. Sybil wird dort sein, nicht wahr?"

„Ich denke ja."

Es folgte eine Pause, dann sagte Yancey: „Falls es so klingt, als ginge ich ihr aus dem Weg, dann stimmt das."

„Yancey, ich..." Carol hielt inne, sie wußte nicht recht, was sie sagen sollte.

„Es ist wirklich vorbei, Carol. Sie wissen, warum."

Carol dachte an das Café, in dem Yancey ihr vor einiger Zeit erklärt hatte, daß Sybil nie über sie, Carol, hinweggekommen sei. „Für Sybil ist jede außer Ihnen die Zweitbeste."

Das habe Sybil zwar abgestritten, hatte Yancey gesagt, trotzdem sei es wahr. Aus diesem Grund beende sie, Yancey, die Beziehung.

An diesem Punkt hatte Carols Telefon geklingelt. Sie hatte das Gespräch verdrängt und mit niemandem darüber gesprochen. Zu dieser Zeit hatte sie sich mit der Entscheidung herumgeschlagen, ob sie mit Leota in die Vereinigten Staaten gehen sollte oder nicht.

„Es tut mir leid, Yancey", sagte Carol und meinte es so.

„Sie können wohl kaum etwas dafür, daß Sie so unwiderstehlich sind", sagte Yancey mit ironischem Lachen.

★★★

Nachdem Anne sich vergewissert hatte, daß Rae Ryce sich noch in der Klinik befand, fuhr sie die kurze Strecke nach Inner Grace; Carol rekapitulierte, was Sandy Boyne ihr über die kriminelle Partnerschaft von Morris Clement und Milton Ryce erzählt hatte.

„Glauben Sie Boyne?" fragte Anne.

„Mark hat Kokain und Meth in Ryces Tresor gefunden, deshalb glaube ich, wir können davon ausgehen, daß Ryce in irgendeiner Weise am Drogengeschäft beteiligt war. Und Morris Clement wohl auch. Andererseits könnte Boyne einen Grund haben, ihn reinzuhängen. Es könnte auch sein, daß Boyne aus dem Gehörten einfach die falsche Schlüsse gezogen hat und Morris völlig unschuldig ist."

„Ich hätte gedacht, daß Basil der ist, der ein bißchen in Drogen macht."

„Hier geht's nicht um ein bißchen, Anne. Das Meth im Safe ist ein Vermögen wert."

Anne bog in die Auffahrt der Klinik.

„Bei der Befragung von Rae Ryce möchte ich, daß Sie dabei sind, Anne", sagte Carol. „Sie sind etwa in Raes Alter, und vielleicht antwortet sie sehr viel freier auf Ihre Fragen."

Anne sah sie belustigt an. „Sehr viel wahrscheinlicher wird sie Ihre Fragen beantworten, schon aus Respekt."

„Achtung vor Autorität geht Ms. Ryce total ab, Anne."

Helen Waite erwartete sie bereits an der Tür, ihre Miene war nicht sehr entgegenkommend. „Ich soll Ihnen von Dr. Edmundson ausrichten, daß Ms. Ryce sich ein Taxi gerufen hat. Es wird jeden Moment hier sein."

„Schicken Sie es weg."

„Kommissarin Ashton, ich glaube nicht –"

„Wo ist Rae Ryce?"

„In ihrer Suite, sie packt ihre Sachen", antwortete Helen Waite frostig.

„Bitte, zeigen Sie uns den Weg. Wir werden uns selbst vorstellen."

Nach einigem Zögern sagte Helen: „Bitte folgen Sie mir."

Carol und Anne folgten ihr die Treppe hinauf und den Flur entlang. Ihre Füße versanken im dicken cremefarbenen Teppich. Blumenarrangements schmückten die Nischen, und leise kam aus verborgenen Lautsprechern klassische Musik.

Edmundsons Assistentin hielt vor einer Tür, hob die Hand und klopfte sachte. „Ms. Ryce? Sind Sie da?"

Von drinnen erklang gedämpft eine Stimme: „Ist das Taxi schon da? Sagen Sie, daß ich in ein paar Minuten komme."

„Vielen Dank, Ms. Waite", sagte Carol. „Von hier an übernehmen wir." Sie öffnete die Tür, und Anne folgte ihr in das luxuriös ausgestattete Zimmer.

Rae Ryce sah verdutzt von ihrer Tasche hoch, in die sie Kleidung stopfte. Ihr schwarzes Haar war zerzaust, ihr Gesicht verschlossen. Der Brillantstecker in ihrer Nase und die Reihe Goldringe in einem Ohr wirkten wie eine geschmacklose Schaufensterdekoration, dachte Carol.

Rasch fand Rae Ryce ihre Fassung wieder und richtete sich auf. „Sie sind die Polizistin von der Wiese, auf der Vater starb", sagte sie.

Carol streckte ihre Hand aus. „Kriminalkommissarin Carol Ashton, und dies ist Kriminalwachtmeisterin Anne Newsome."

Rae nahm zögernd die Hand. „Sie haben einen schlechten Zeitpunkt erwischt. Ich bin gerade im Gehen."

„Zuvor beantworten Sie ein paar Fragen", sagte Carol.

Zorn trat auf das Gesicht der jungen Frau. „Sie können mich nicht dazu zwingen!"

„Ms. Ryce, der Tod Ihres Vater war brutal. Als er zur Erde stürzte, war ihm gewiß klar, daß keine Hoffnung bestand."

Rae schauderte. „Dad war ein Arschloch, aber so zu sterben, hat er nicht verdient." Unvermittelt war es um ihre Fassung geschehen. Sie sank auf die Bettkante, ihr Blick war verzweifelt und gequält. „Jemand hat ihn umgebracht."

„Wer? Haben Sie eine Ahnung?" fragte Anne.

Rae schüttelte den Kopf. „Viele Leute haben Vater gehaßt, aber so sehr nun auch wieder nicht."

„Letzten Sonntag", sagte Carol, „als ich Ihnen sagte, daß Ihr Vater womöglich nicht durch einen Unfall ums Leben gekommen ist, wirkten Sie sehr erschüttert."

Rae lachte rauh. „Erschüttert? Wer wäre das nicht?"

„Und doch hatten Sie einen Moment davor noch erklärt, wie froh Sie sind, daß Ihr Vater tot ist."

„Das hab' ich nicht ernst gemeint! Sie wissen ja, daß man impulsiv aus dem Moment heraus Sachen sagt..."

„Sie waren wütend auf ihn?" fragte Anne.

Rae schob die Unterlippe vor wie ein Kind. „Immer hat er gesagt, was ich tun soll, und gedroht, meinen monatlichen Scheck zu streichen." Gereizt fügte sie hinzu: „Dabei war er reicher als Gott. Geld bedeutete Dad gar nichts."

Carol trat an Rae heran. „Als ich Ihnen sagte, daß es sich um Mord handeln könnte, dachten Sie gleich an eine bestimmte Person, nicht wahr? Deshalb sind Sie weggelaufen."

„Ich bin nicht weggelaufen", sagte Rae und blickte trotzig hoch. „Ich bin nur zu Basil Clements Haus gefahren. Fragen Sie ihn, er wird bestätigen, daß ich über Nacht dort war."

„Natürlich wird er bestätigen, daß Sie dort waren, Ms.

Ryce. Aber es liegen zwei Stunden zwischen Ihrem Verlassen der Weide und Ihrer Ankunft in der Villa. Wo waren Sie in dieser Zeit?"

„Ich war durcheinander. Ich bin nur so rumgefahren."

„Haben Sie jemanden angerufen?" fragte Anne.

„Was ich getan hab' oder auch nicht, geht nur mich etwas an." Rae Ryce stand auf, und wäre Carol nicht beiseite getreten, hätte sie sie aus dem Weg geschubst. „Ich gehe jetzt. Versuchen Sie nicht, mich daran zu hindern."

„Können Sie einen Fallschirm packen?" fragte Carol.

Rae hielt inne, die Hand auf dem Griff ihrer Tasche. „Natürlich kann ich", sagte sie verächtlich. „Dad hat dafür gesorgt, daß Ted und ich gute Fallschirmspringer wurden. Ich hab' schon als Kind meinen ersten Sprung absolviert."

„Ich habe gerade erst mit dem Sport angefangen", erklärte Anne im Plauderton. „Bisher bin ich nur im Tandem gesprungen. Bis ich allein springen kann, wird es eine Weile dauern. Ich brenne schon darauf."

Rae zuckte die Schultern. „Der Kick vergeht, glauben Sie mir. Ich bin drüber weg. Ich habe interessantere Dinge gefunden."

Carol reizte die Frage, ob vielleicht Koksen dazu gehörte, aber sie wollte Rae nicht derart vor den Kopf stoßen, daß sie sich weigerte, mit ihr zu sprechen, und so sagte sie stattdessen: „Ms. Ryce, bitte sprechen Sie mit uns. Sie können sich vorstellen, wie schwer es ist, in einem Fall wie diesem zu ermitteln, wo so viele Leute ein starkes Motiv haben."

Rae ließ den Griff ihrer Tasche los und warf sich wieder aufs Bett. „Scheiße", sagte sie. „Sie können doch nicht glauben, daß *ich* es bin. Ich habe ein Alibi. An diesem Samstag war ich nicht mal in der Nähe von Ryce Hall."

„Alibis sind in diesem Fall keine große Hilfe", sagte Carol. „Die Ausrüstung Ihres Vater kann jederzeit vor dem Sprung aus dem Flugzeug manipuliert worden sein – in Sydney oder über Nacht in Hash's Creek. Sogar im Flugzeug wäre es möglich gewesen, daß jemand die Packen vertauscht und ihm einen defekten untergeschoben hat."

Rae blickte nachdenklich vor sich hin. „Verity und Ian sind mit ihm gesprungen, somit waren sie mit ihm im Flugzeug."

„Neville Bendix auch", sagte Carol.

„Bendix hätte gar nicht den Mumm dazu", erklärte Rae nachdrücklich. „Und Verity auch nicht. Aber bei Ian ist das was anderes." Sie hielt inne, legte den Kopf schief. „Ian hat's mit meiner Stiefmutter getrieben – wahrscheinlich noch immer. Wußten Sie das?"

Carol zog eine Braue hoch. „Sie deuten damit an..."

„Ich deute gar nichts an", sagte Rae, „obwohl Vaters Tod Deanna sehr reich machen wird." Sie bleckte die Zähne bei einem freudlosen Lacheln. „Ist das nicht der Traum jeden Mannes? Eine reiche Witwe zu heiraten? Ian hat es geschafft."

★★★

Die Wärme des Morgens und das Geräusch aufschlagender Bälle vom privaten Tennisplatz brachten Carol in ihre Jugend zurück, als sie und ihre Freundinnen endlose Sommertage mit Tennis und Schwimmen verbrachten, sich in der Sonne aalten wie junge Eidechsen.

Richie Steeles Mutter, eine stämmige, freundliche Frau, hatte Carol und Anne die Tür des großen Anwesens des Tennisprofis geöffnet. „Ich bin Karen Keele. Sie wollen natürlich Richie sprechen. Er ist draußen auf dem Tennisplatz und trainiert mit seinem Coach. Ich will Ihnen nichts vormachen. Als ich hörte, daß Milton Ryce sich zu Tode gestürzt hat, war ich sehr befriedigt. Er hat es verdient. Mache ich mich damit verdächtig, Kommissarin?"

„Es scheint, als würde Mr. Ryces Tod allgemein nicht gerade beweint."

Karen gluckste über Carols trockenen Ton. „Nicht allgemein beweint? Das ist gut. Darf ich das verwenden?"

„Aber bitte."

Das Gesicht der Frau wurde ernst. „Dieser Bastard", sagte sie. „Fast hat er Richies Leben zerstört. Sie wissen, daß das Publikum ihn seitdem damit verfolgt? Sie verspotten ihn damit, daß kleine grüne Männchen landen oder Richies Gegner ein Außerirdischer aus einem UFO ist."

„Er muß sehr wütend sein."

Karen Keele blickte Carol scharf an. „Verspottet werden ist verheerend. Es verletzt die Seele. Dennoch würde Richie niemals jemandem etwas antun."

„Dies ist nur eine Routinesache", sagte Carol beschwichtigend. „Wir sprechen mit vielen Menschen, die mit Milton Ryce in Verbindung standen."

„In Verbindung standen?" fragte Karen Keele dumpf. „Sie meinen, *seine Opfer waren.* Ich habe meinen Sohn gebeten, Ryce zu verklagen, aber er sagte, das würde die Peinlichkeit nur verlängern, indem die ganze Sache in aller Öffentlichkeit noch einmal hochgekocht wird."

Sie zeigte ihnen den Weg zum Tennisplatz und verließ sie mit der abschließenden Bemerkung: „Offen gesagt, ich hoffe, Sie finden nie heraus, wer's getan hat, Kommissarin. Die Person hat der Menschheit einen Dienst erwiesen, indem sie diese Kreatur eliminierte."

Während Carol und Anne durch den Park gingen, sagte Anne: „Seine Mutter hat recht. Jede Klage würde alles wieder hochkochen und die Leute daran erinnern, wie leichtgläubig Keele war."

Auf dem Tennisplatz trainierte Richie Keele seinen Aufschlag und drosch die Bälle mit Spitzengeschwindigkeit übers Netz. Ein Mann, offensichtlich sein Coach, kommentierte jeden Schlag und korrigierte Keeles Service. Carol und Anne sahen ein paar Minuten zu, bis Keele sie bemerkte.

Mit einem weißen Handtuch wischte er sich den Schweiß vom Gesicht und kam zu ihnen herüber. „Verdammt heiß", sagte er. „Sie sind von der Polizei, stimmt's?"

Nachdem er sich dessen versichert hatte, drehte er sich zu seinem Coach um, einem großgewachsenen Mann, dessen Gesicht Carol vage bekannt vorkam. Vielleicht ein ehemaliger Tennisprofi, dachte sie. Keelie rief: „Bill, laß uns eine Pause machen. Fünfzehn Minuten, okay?"

„Gebongt." Der Mann begann die Bälle aufzusammeln, die den Rasen übersäten.

Richie Keele war schlank und muskulös, seine gebräunten Beine reine Muskelpakete, sein Bauch flach. Auch die Arme waren sehr muskulös, und Carol bemerkte, daß sein linker Arm sichtlich besser entwickelt war als sein rechter – ein Linkshänder, kein Zweifel.

Obwohl erst dreißig, gingen ihm bereits die Haare aus, und so hatte er sich, wie Mark Bourke, entschlossen, sie extrem kurz zu tragen.

Keele sank in einen Sessel und fischte aus einer Kühltasche eine Flasche Wasser. Er warf den Kopf zurück und trank einen großen Schluck, dann sagte er: „Geht es um den Absturz von Ryce?"

„Sie haben ein paar sehr bittere Dinge über Milton Ryce gesagt."

„Ganz recht, das hab' ich! Das Schwein hat dafür gesorgt, daß ich in der Öffentlichkeit als Idiot dastehe. Schlimmer noch, er hat SETI und ähnlichen Organisationen, die sich der Kontaktaufnahme mit anderen Zivilisationen im Weltall verschrieben haben, einen herben Rückschlag versetzt."

„Wann haben Sie Mr. Ryce das letzte Mal gesehen?" fragte Carol.

„Bei der Pressekonferenz, als ich mich in aller Öffentlichkeit zum Idioten gemacht und berichtet habe, ich hätte ein UFO gesehen, mit eigenen Augen ganz aus der Nähe."

Carol erinnerte sich, wie die Medien, die die unbequeme Tatsache ignorierten, daß auch sie an der Nase herumgeführt worden waren, den johlenden Chor angeführt hatten, nachdem Ryce enthüllte, wie er Keele reingelegt hatte. „Sie haben Milton Ryce nach seiner Enthüllung gesprochen, nicht wahr?"

Keele gab ein bitteres Lachen von sich. „Mit ihm gesprochen? Sie haben doch sicher den Bericht gesehen. Ich bin ausgerastet und hab' mich noch mehr zum Narren gemacht als zuvor, indem ich ihm alle Obszönitäten an den Kopf geworfen habe, die mir eingefallen sind." Er schüttelte angewidert den Kopf. „Etwas Dümmeres hätte ich gar nicht tun können, und genau das hat er ja nur gewollt."

Carol bemerkte Annes mitfühlenden Ausdruck und daß sie unbewußt bei Keeles Fazit zustimmend nickte.

„Somit wäre es fair zu sagen, Sie hegten einen Groll gegen diesen Mann?" fragte Carol.

„Ganz recht!"

„Und Sie haben sich nach diesem Streit nie mehr mit ihm in Verbindung gesetzt?"

Keele grinste sarkastisch. „Ich hatte meine Lektion gelernt: Halte dich von dem Hundesohn fern."

„Kennen Sie jemanden aus Ryces Familie oder Bekanntenkreis?"

„Nein. Und ich habe auch nicht den Wunsch." Er hielt inne. „Allerdings kenne ich Larry Frobisher, aber den kennt schließlich jeder. Frobisher wollte einen persönlichen Bericht, wie es ist, das Opfer von Ryces Streichen zu sein. Ich sagte, er soll sich schleichen, ich gäbe niemandem ein Interview."

Anne runzelte die Stirn. „Aber Sie *haben* ihm doch ein Interview gegeben, Mr. Keele. Ich erinnere mich, daß es die Schlagzeile auf seiner Website war."

„Ja, hab' ich", gab er seinerseits stirnrunzelnd zu. „Frobisher hat auf mich eingeredet und gesagt, er selbst sei auch ein Opfer von Ryce. Oder Ryce plane, ihm einen Streich zu spielen, aber er, Frobisher, sei dahintergekommen und wolle den Spieß umdrehen und Ryce auflaufen lassen."

„Haben Sie eine Ahnung, um was für einen Streich es gehen sollte?"

Keele schüttelte den Kopf und grinste. „Weiß ich nicht, aber ich war sehr gespannt darauf zu sehen, wie das Schwein eine Dosis der eigenen Medizin verabreicht bekommt."

Der Coach kam herüber und stand da, als wartete er darauf, das Training fortzusetzen. Carol fragte Keele: „Haben Sie eine Ahnung vom Fallschirmspringen?"

Keeles Lächeln erstarb. „Nicht die geringste. Sie werden mir keine Krokodilstränen entlocken. Ich bin froh, daß Ryce tot ist, aber ich wüßte nicht, wie man einen Fallschirm präpariert." Er stand auf. „Wenn das alles ist, gehe ich wieder an die Arbeit."

Er nahm seinen Tennisschläger und sagte zum Abschied: „Ich hoffe, Sie finden nicht raus, wer es war, Kommissarin. Die Person sollte einen Orden für den Dienst an der Menschheit bekommen und nicht wegen Mordes eingelocht werden."

„Genau das hat seine Mutter auch gesagt", bemerkte Anne, als sie zurückgingen.

„Ich fürchte, diese Meinung teilen viele. Es ist kaum jemand zu finden, der für Milton Ryce Hochachtung empfand."

Anne lachte. „Haben Sie tatsächlich einen Menschen gefunden, der gut auf ihn zu sprechen ist?"

„Sein Sohn vielleicht. Das wird eine interessante Begräbnisfeier. Ich vermute, die Krokodilstränen, von denen Richie gesprochen hat, werden in Strömen fließen."

★★★

Bourke war auf der Rückfahrt nach Sydney. Von unterwegs rief er an, um vom Frühstück mit Ryces Haushälterin zu berichten. „Polly war ziemlich entgegenkommend, Carol, sobald ich meinen Charme spielen ließ. Sie scheint nicht allzuviel von Ryces Neigungen gehalten zu haben."

„Und was für Neigungen wären das?"

„Polly nannte sie zartfühlend ‚Mr. Ryces Probleme mit Frauen'. Nachdem ich sie mit meinem jungenhaften Lächeln und ehrlich empfundenen Komplimenten über das köstliche Frühstück bezirzt hatte, ließ sie sich schließlich hinreißen, Ryce als sexsüchtig zu beschreiben."

Carol zog die Brauen hoch. „Vielleicht hat sie da ihre Maßstäbe angelegt. Was für den einen sexsüchtig ist, ist für den anderen ein gesunder Sexualtrieb."

„Polly beharrte darauf, daß Ryce den Hang hatte, jede Frau, die ihm begegnete, ins Bett zu kriegen."

„Jetzt sag bloß, er hat es auch bei Polly Treeve versucht!"

Bourke grinste nachsichtig. „Ich mag Polly, weißt du. Sie hat nicht um den heißen Brei herumgeredet, sobald sie sich entschlossen hatte, auszupacken. Offensichtlich hat Ryce sie vor Jahren bedrängt, nachdem ihr Mann gestorben war. Polly sagte nein, und wenn er ihr noch einmal damit käme, wäre sie auf der Stelle weg. Er versuchte es nie wieder."

„Natürlich ist eine Haushälterin wertvoller als eine vorübergehende Befriedigung", bemerkte Carol trocken.

„Bevor du fragst", sagte Bourke, „ich habe sie um eine Liste seiner Eroberungen gebeten. Wie es scheint, war er sexuell ziemlich rege, und Polly hat dem keine Aufmerksamkeit geschenkt – er war halt so. Allerdings hat sie ein paar Frauen erwähnt, die von Interesse waren."

„Kymberly Watson, natürlich."

„Kym war in einer besonderen Kategorie. Als Ryces Geliebte war sie längerfristig. Es waren die kurzfristigen Beziehungen, bei deren Namen man aufhorcht."

Bourke spulte eine Liste ab, darunter Frauen, die in der Gesellschaft von Sydney eine Rolle spielten. Andere waren die Frauen oder Töchter von Ryces Geschäftsfreunden.

„Was ist mit Verity Stuart?“

„Sie war dabei.“

„Komisch, daß sie das nicht erwähnt hat, als ich sie befragte“, sagte Carol feixend.

„Und diese Verleumdungsklage, die du erwähnt hast, Carol. Da hast du recht. Am Abend vor diesem Fallschirmsprung hatten Frobisher und Ryce einen heftigen Streit im Spielzimmer mit all den Zinnsoldaten. Polly kam mit dem Whisky für Ryce, seinem abendlichen Absacker. In diesem Moment hörte sie, wie ihr Arbeitgeber Frobisher anbrüllte, er würde ihn bis auf den letzten Cent zur Verantwortung ziehen.“

„Was hatte Larry Frobisher getan?“

„Soviel ich weiß“, erklärte Bourke, „brachte der Frobisher-Report auf seiner Website die Schlagzeile: ‚High Society schnüffelt sich in die Krise.‘ Das bezog sich auch auf Rae Ryce, die auf dem Kokstrip geradewegs in die Suchthölle sei.“

„Wie hat Larry Frobisher auf die Drohung reagiert?“

Bourke lachte. „Er versuchte, erfolglos, Ryce zu beschwichtigen. In Pollys Worten: ‚Frobisher kroch zu Kreuze, ganz die speichelleckende Ratte, die er immer war.‘ Ach, Polly! Sie ist eine Frau, die es in sich hat. Sie hatte sogar eine Erklärung für die beiden Stunden der Abwesenheit von Rae, nach ihrem Abgang auf der Weide und vor dem Eintreffen bei den Clementbrüdern.“

„Rae war in Ryce Hall?“

„Sie eilte herein, ganz aufgebracht, und wollte wissen, wo Ted ist. Polly sagte, er sei auf dem Flugplatz, also schoß Rae wieder los. Polly hat sie danach nicht mehr gesehen.“

„Sobald Rae wußte, es ging um Mord, hatte sie ein brennendes Interesse, ihren Bruder zu sehen. Was sagt dir das?“

„Daß der verdächtige Ted irgendwie involviert ist.“

„Fahr zurück, Mark“, sagte Carol. „Du mußt dir Ted Ryce unbedingt noch einmal vorknöpfen. Ich meine, daß eine weitere Befragung bei ihm fällig ist, was meinst du?“

12

In ihrem Büro nahm Carol Anrufe der Medien entgegen, dann las sie die Analyse der DVD von dem tödlichen Sprung – im Grunde war daran nichts bemerkenswert – und überflog den Obduktionsbericht. Milton Ryce war an einem extremen Aufpralltrauma gestorben. In seinem Blutkreislauf ließen sich keine Drogen nachweisen.

Sie hatte eine Kopie von der DVD, die Ted Ryce gemacht hatte, und betrachtete sie noch einmal, diesmal interessierte sie, was passierte, nachdem Ryce auf dem Boden aufgeschlagen war. An diesem Punkt hatte Ted den Camcorder abgestellt. Die nächsten Bilder zeigten Verity Stuarts Landung, wie sie sich Helm und Brille herunterriß. Ted zoomte auf ihr entgleistes Gesicht, als sie schockiert auf Milton Ryces Leichnam starrte. Dann kämpfte sie sich aus den Leinen ihres Fallschirmgepäcks, fiel auf die Knie und übergab sich ins Gras, jedes Detail ihres Elends war liebevoll aufgezeichnet.

„Ted Ryce, du bist ein Dreckskerl!“ sagte Carol leise.

Sie wurde ins Büro des Chefs gerufen, um Bericht zu erstatten, danach kehrte sie in ihr Büro zurück, wo sie sich Les Uptons Bericht über Miltons Ryces Finanzen anhörte.

„Nur ein vorläufiges Ergebnis, aber sehr interessant“, sagte Upton begeistert, setzte sich und breitete auf Carols Schreibtisch Papiere aus: Firmenbilanzen, Bankberichte, Spendenquittungen und Ähnliches. „Ich hab' meine Fühler ausgestreckt und munkeln gehört, daß Ryce das Finanzamt im Nacken saß. Das ist kein Wunder. Er hatte eine Menge undeklariertes Geld sowohl in seiner Firma als auch auf seinen Privatkonten.“

„Daß er so leichtsinnig war, wundert mich", bemerkte Carol.

„Größenwahn", sagte Upton achselzuckend. „Diese Geschäftsleute sind überzeugt, raffinierter zu sein als andere. Sie sind reich und mächtig und haben das Gefühl, niemand könnte ihnen was anhaben. Ryce hat natürlich versucht, Geld zu waschen, aber dafür braucht man einen versierten Buchhalter, der sich auf spezielle Kniffe und Tricks versteht."

Carol blickte auf die Zahlenkolonnen. Die sagten ihr wenig, aber sie wußte, daß Les die bewundernswerte Gabe besaß, sie wie ein Buch zu lesen. „Wahrscheinlich Drogengeld", sagte sie. „Ryce hatte Meth und Kokain im Safe."

„Tja", Upton schüttelte den Kopf, „das bringt ein Problem mit sich. In diesem Geschäft fließt enorm viel Bargeld. Das wird dann überall gehortet. Eine gute Anlage wären Immobilienbeteiligungen mit naiven Partnern und das Aufkaufen von Firmen, durch die man das Geld schleusen kann. Das Finanzamt in die Irre führen – so heißt das Spiel."

„Gab es eine Geschäftspartnerschaft mit Verity Stuart?"

Les blätterte ein paar Seiten durch. „Ja, schauen Sie hier. Sanierung von Häusern in Woolloomooloo und Ashfield."

„*Zwei* Projekte?" fragte Carol. „Verity Stuart hat nur eins erwähnt."

„Zwei und ein drittes in Planung, finanziert von Ryce, wie die beiden anderen", erklärte Les. „Finanziell hat sich die Stuart total überhoben. Sie konnte von Glück sagen, einen Goldesel wie Ryce im Rücken zu haben."

„Und was passiert jetzt, da er tot ist?"

„Ich schätze, sie sucht krampfhaft nach neuen Partnern."

Carol lobte Les für seine gute Arbeit, dann kam sie auf die Clementbrüder zu sprechen. „Ich habe gehört, Morris Clement sei Ryces Partner im Drogengeschäft gewesen. Und recherchieren Sie bei der Gelegenheit auch gleich die Finanzen von Basil Clement."

„Bin schon dabei."

Amüsiert beobachtete Carol, wie enthusiastisch Les aus ihrem Büro stürmte. Derart animiert hatte sie ihn noch nie gesehen. Carol konnte sich nichts Langweiligeres vorstellen, als sich in Finanzdinge zu vergraben, aber Upton fand diese Beschäftigung offensichtlich sehr anregend.

Sie rief Ted Ryces Nummer in Sydney an, sein Anrufbeantworter meldete sich. Wortlos legte sie auf und wählte Deanna Ryces Nummer. Ted meldete sich – Bingo.

„Sie haben mich aufgespürt, was, Kommissarin?" rief er fröhlich.

„Ich habe noch ein paar Fragen an Sie. Wäre es möglich, daß wir uns morgen treffen, Mr. Ryce?"

„Leider geht das nicht. Stecke bis über die Ohren in den Vorbereitungen für Dads Begräbnis am Donnerstag. Danach gibt es eine Art Leichenschmaus. Das hätte Vater gefallen."

Nach einer höflichen Bemerkung von Carol fuhr er fort: „Deanna sagt, daß Sie zur Beerdigung kommen. Wie wär's, wenn ich Sie auch zum Leichenschmaus einlade? Da finden wir bestimmt die Zeit, uns zu unterhalten."

„Sehr freundlich von Ihnen", sagte Carol. Es schien, als verschaffe ihr Ted Ryce die Gelegenheit, die meisten des Mordes an seinem Vater Verdächtigen unter einem Dach zu sehen. Sie fragte sich, warum.

Als das Telefon läutete, griff sie nach dem Hörer: „Carol Ashton."

Es war Vida Drake, eine Journalistin mit einem Gespür für Geschichten, in die sie sich verbiß und das Unterste zuoberst kehrte, bis die Fakten zutage lagen. „Ein Wort zu Kymberly Watson?" fragte sie Carol.

„Kein Kommentar, Vida."

„Es dürfte Sie interessieren, daß die junge Frau ihre Geschichte feilbietet. ‚Meine Stunden des Schreckens', scheint der Arbeitstitel zu lauten."

„Sie hat das Recht dazu. Dies ist ein freies Land."

Vida gluckste. „Nicht wenn sie jemanden diffamiert, oder?"

„Wen diffamiert sie?"

„Vor allem Miltons Frau, obwohl sie auch einen Seitenhieb auf die Kinder, Ted und Rae, landet."

„Also rühren Sie die Geschichte nicht an?" fragte Carol.

Wieder lachte Vida. „Natürlich bin ich dran. Während wir uns unterhalten, beugen sich die Juristen drüber. Ich hätte nur gern ein Zitat von Ihnen hinzugefügt, Carol. Quasi als Sahnehäubchen."

„Bedaure, Vida. Vielleicht später."

Kopfschüttelnd legte Carol auf. Sie hatte es unzählige Male erlebt, aber wie weit Leute, die einem Opfer nahestanden, gingen, um für sich einen Vorteil herauszuschlagen, das überraschte sie noch immer.

Sie seufzte, als wieder das Telefon klingelte. „Carol Ashton." Mit einem Stich vor Freude hörte sie Sybil am anderen Ende der Leitung.

„Carol, ich störe dich ungern, aber Lillian Broadhall hat mir für Tante Sarahs Party eine Aufgabe zugeteilt. Sie meint, ein Überblick ‚Mein Leben in Bildern' würde ihr gefallen. Natürlich soll die zu Ehrende nichts davon wissen, bis wir sie damit überraschen. Lillian hat eine Menge Material, das mit Tante Sarahs Umweltengagement und den Ökohexen zu tun hat, aber nichts über ihr früheres Leben. Ich wollte dich fragen, ob du etwas hast, das ich verwenden könnte?"

„Ich habe Fotoalben aus meiner Kindheit. Da sind bestimmt Bilder von Tante Sarah dabei." Aus einem Impuls heraus fragte Carol dann: „Hast du heute abend schon etwas vor? Wir könnten zusammen die Sachen durchgehen."

Als Sybil nicht gleich antwortete, dachte Carol: *Du überlegst dir, wie du nein sagen kannst, ohne unhöflich zu erscheinen.*

„Das ist eine tolle Idee", sagte Sybil. „Um wieviel Uhr?"

„Paßt dir halb acht? Ich lasse uns Pizza bringen."

Sie legte den Hörer auf und starrte ins Leere, als Anne den Kopf durch die Tür steckte. „Ich habe Ian McNamara erwischt. Er kommt her."

„Seien Sie bei der Befragung dabei, Anne."

Anne nickte sichtlich erfreut. Carol nahm sich vor, Anne Newsome öfter einzubeziehen. Es war einfacher und bequemer, mit Mark Bourke zu arbeiten, aber Anne, die soviel Talent zeigte, sollte mehr gefordert werden.

„Im übrigen, wie wär's, wenn Sie den Anfang machen, Anne? Lassen Sie uns die Strategie entwickeln, ja?"

★★★

Der Name Ian McNamara war inzwischen so oft gefallen, daß Carol gespannt war auf die Begegnung mit ihm. Ryce war ein wichtiger Geschäftskunde für McNamara. Von mehr als einer Seite war angedeutet worden, daß er und Deanna Ryce eine Beziehung hatten. Das mußte zwar nicht stimmen, aber Deanna hatte sich aufgeregt, als McNamaras Name fiel. Carol erinnerte sich, wie beeindruckt Huffner von McNamaras eiskaltem Verhalten an der Absturzstelle gewesen war.

Der Mann, der in ihr Büro geführt wurde, entsprach nicht dem Bild, das sich Carol von ihm gemacht hatte. Ihrer Vorstellung nach war er groß und dunkel, mit kaltem, entschlossenem Gesicht. Tatsächlich war McNamara mittelgroß, hatte blaue Augen, blondes Haar, das bereits grau wurde, und ein Lächeln, das nur ansteckend genannt werden konnte.

„Ich freue mich, Sie kennenzulernen, Kommissarin."

Carol stellte Anne Newsome vor. McNamara freute sich ebenfalls, sie kennenzulernen.

Er setzte sich und erwartete die erste Frage. Falls er sich wunderte, daß die von Anne kam, zeigte er es nicht.

„Sie sind ein Geschäftsfreund von Mr. Ryce?"

„Wir sind geschäftlich und privat befreundet. Als Mitglied von *Skydivers Anonymous* sehe ich ihn oft."

„Am Tag, als er starb – hatten Sie da das Gefühl, irgend etwas stimme nicht?"

McNamara neigte den Kopf mit einem fragenden Lächeln. „Ich weiß nicht genau, was Sie meinen, Wachtmeisterin."

„War irgend etwas anders als sonst?"

„Nicht im mindesten. Ich kam Samstagmorgen mit Ted herüber, wir beluden das Flugzeug und flogen zur Absprungzone. Ich erinnere mich, daß Milton bester Laune war, tatsächlich. Verity wirkte sehr nervös, aber das war sie ja oft vor dem Sprung. Und Bendix, der Pilot, war ziemlich muffelig, aber das war normal bei ihm."

„Sie sprangen als erster?"

„Ja. Das Flugzeug zog eine Schleife, als nächster sprang Milton. Verity zuletzt. Es war ein idealer Tag. Ich landete punktgenau, raffte meinen Fallschirm zusammen und gesellte mich zu Ted, der mit dem Camcorder aufnahm."

Anne fragte: „War es üblich, daß Ted den Sprung aufzeichnete?"

Das entlockte McNamara ein Grinsen. „Ted war üblicherweise an der Kamera, wenn sein Vater was zu laufen hatte."

„Das heißt?"

„Das heißt, wenn Milton etwas plante, um ein unschuldiges Opfer zu düpieren. Diesmal war mir sofort klar, daß es Verity sein mußte, da mir ja nichts Außergewöhnliches zugestoßen war. Ich weiß noch, daß ich Ted fragte: ‚Was ist los?' Und er murmelte, daß etwas mit der Ausrüstung seines Vaters nicht stimme."

„Was geschah dann?"

„Wir beide sahen entsetzt, wie Milton abstürzte. Es war sinnlos, ihn anzurühren. Einen solchen Sturz überlebt niemand. Kym sprang aus dem Land Rover und rannte herbei, immerfort schrie sie Miltons Namen."

„Woher wußte sie, daß Ryce abgestürzt war?“ fragte Anne. „Sie war doch nicht nahe genug dran, um ihn zu identizifieren, nicht wahr? Von ihrem Standpunkt aus hätte es sich doch auch um Verity Stuart handeln können?“

McNamara wirkte einen Moment lang verdutzt, dann hellte sich sein Gesicht auf. „Der Anzug, glaube ich. Sie waren zwar beide rot, aber Veritys hatte ein dunkelblaues Muster, glaube ich. Außerdem hätte wohl jeder geschrien, der mitansieht, wie jemand auf diese Weise zu Tode stürzt.“

„Aber sie schrie Miltons Namen, somit wußte sie, daß Milton abgestürzt war.“

Ein erstes Anzeichen von Irritation trat auf McNamaras Gesicht. „Ich verstehe nicht, wieso es eine Rolle spielt, was Kym geschrien hat. Der Punkt war, daß Miltons Leben auf eine besonders grausame Weise ausgelöscht worden war. Da wäre jeder außer sich gewesen.“

„Aber Sie waren ganz ruhig, nicht wahr?“ fragte Carol.

Er starrte sie mit gerunzelter Stirn an. „Das ist meine Reaktion in kritischen Situationen. Ich mache dicht.“

„Warum haben Sie Dr. Edmundson gerufen?“ fragte Anne.

„Kym war hysterisch. Ich dachte, sie braucht Hilfe. Und ich hatte natürlich auch Angst um Ted. Einen Arzt zur Stelle zu haben, konnte nicht schaden.“

„Aber Ted schien okay zu sein, nicht wahr?“ fragte Anne. „Er hat die Kamera weiter auf Verity gehalten, obwohl sein Vater gerade eben zu Tode gekommen war. Das war der Streich, den er aufzeichnen sollte – Veritys Hauptfallschirm war unbrauchbar gemacht worden, das jagte ihr einen Todesschreck ein, bis der Reservefallschirm sich öffnete.“

„Ja.“ In seiner Stimme lag Abscheu. „Milton hatte seinen Spaß daran, Menschen aus der Fassung zu bringen.“

„Wie uns gesagt wurde, hat Milton Ryce auch Ihnen vor einiger Zeit einen Streich gespielt“. sagte Anne. „Stimmt das?“

Offentsichtlich erleichtert, nicht mehr über Ryces Tod

reden zu müssen, antwortete McNamara: „Sie meinen den Revolver in meinem Reisegepäck? Das war natürlich kein Revolver, nur eine Metallattrappe in dieser Form. Ehrlich gesagt, ich fand das nicht witzig, die Sicherheitskräfte am Flughafen auch nicht. Und das hab' ich Milton gesagt."

„Und seine Reaktion?"

McNamara verzog den Mund. „Er sagte, ich müsse unbedingt einen Sinn für Humor entwickeln."

„Würden Sie sagen, im allgemeinen verstanden Sie sich gut mit Mr. Ryce?" fragte Anne.

„Ja, absolut."

„Und mit Deanna Ryce?" mischte sich Carol ein. „Verstanden Sie sich auch gut mit ihr?"

McNamaras Lächeln erstarb, als er den Kopf wandte, um Carol anzusehen. „Wir sind Freunde", sagte er knapp.

„Enge Freunde?"

Seine blonden Brauen zogen sich finster zusammen, er blaffte: „Boyne, nicht wahr? Der verbreitet solche Gerüchte."

„Ich will es Ihnen ganz direkt sagen. Mehr als eine Person deutete an, daß Sie und Deanna ein Liebespaar sind."

Er klappte den Mund auf und wieder zu. Carol fuhr fort: „Ihre Privatangelegenheiten interessieren uns nicht, Mr. McNamara, es sei denn, sie betreffen unsere Untersuchung."

McNamaras freundliche Art war verschwunden. Sein Gesicht war versteinert, die Stirn gerunzelt. Er stand auf. „Ich habe Ihnen nichts weiter zu sagen."

Carol erhob sich. „Wir werden noch Fragen an Sie haben. Wachtmeisterin Newsome, bringen Sie Mr. McNamara hinaus."

„Gute Arbeit", sagte Carol, als Anne zurückkam.

Anne strahlte bei diesem Lob. „Vielen Dank."

„Okay, Anne", sagte Carol und lehnte sich in ihrem Stuhl zurück, „was würden Sie als nächstes tun?"

„Noch einmal mit Kymberly Watson reden."

„Genau", antwortete Carol. „Machen Sie einen Termin."

★★★

„Haben Sie gestern abend den Fallschirmspringerkrimi im Fernsehen gesehen?“ fragte Anne, als sie sich in den Verkehr Richtung Harbour Bridge einfädelte.

„Nein, hab’ ich was versäumt? Hätte er in unserem Fall geholfen?“

„Überhaupt nicht!“ sagte Anne lachend. „Er hat alle Filmklischees wiederholt. Anfangs plauderten der Held und sein Kumpel während des freien Falls fröhlich miteinander – was ja unmöglich ist, weil der Wind viel zu laut ist. Dann blickt der Held hoch und sieht – o Schreck! –, wie der Schurke die Heldin aus dem Flugzeug wirft – ohne Fallschirm. Natürlich fängt der Held sie auf – als passiere das nicht alles mit tödlicher Geschwindigkeit.“

„Sie rauben mir all meine Illusionen“, protestierte Carol.

„Es geht noch weiter“, sagte Anne. „Der Schurke ruft mit hinterlistigem Lachen: ‚Du hast das hier vergessen‘, und wirft der Heldin das Fallschirmgepäck nach, das gegen alle Gesetze der Schwerkraft so fällt, daß der Held es ergreifen kann. Können Sie sich vorstellen, was als nächstes kommt?“

„Vermutlich hilft der Held der Heldin ins Geschirr, dann zieht er die entsprechenden Reißleinen, worauf beide glücklich lächelnd zur Erde schweben.“

„Sind Sie sicher, daß Sie den Film nicht gesehen haben?“ fragte Anne grinsend.

Fünfzehn Minuten später standen sie vor dem am Hafen gelegenen exklusiven Apartmenthaus, in dem Ryce seine Geliebte untergebracht hatte.

Kymberly Watsons Wohnung war herrlich und luftig und hatte einen berückenden Blick auf die Hochhäuser der Stadt, die Harbour Bridge und die Oper. Auf dem Wasser die Schiffe, Fähren und Yachten hatten eine fast hypnotische Wirkung.

Obwohl Kymberly bei ihrem ersten Besuch erzählt hatte, sie müsse das Apartment aufgeben, da sie sich die Miete nicht leisten könne, deutete nichts auf einen Umzug hin.

Carol stellte Anne Newsome vor, die bemerkte: „Eine tolle Wohnung haben Sie hier, Ms. Watson."

Kymberly nahm das Kompliment kopfnickend entgegen. „Der Blick ist fantastisch, nicht wahr?"

Sie war von der tiefbekümmerten Frau, die Carol und Bourke in Hash's Creek befragt hatten, weit entfernt. Ihre blauen Augen waren klar, sie war entspannt. Carol konnte sich denken, was Milton Ryce an ihr gefunden haben mußte: langes blondes Haar, attraktives Gesicht, strahlendes Lächeln, grazile Bewegungen und ein exzellenter Geschmack in Sachen Mode. Die hohe Mädchenstimme könnte nerven, entschied Carol, vielleicht hatte Ryce sie charmant gefunden.

Kymberly winkte sie zu einer weißen Ledercouch, von der aus man den vorteilhaftesten Blick über den Hafen hatte, und sagte: „Sie sagten, daß es ein paar Dinge gäbe, die Sie gern klären würden, Kommissarin."

„Letzten Freitag fuhr Milton Ryce mit dem Auto nach Hash's Creek anstatt zu fliegen. Das bedeutete drei Stunden auf der Straße statt ein paar Minuten in der Luft."

„Sie sagen es." Kymberly verzog das Gesicht. „Absolut langweilig."

„Aber Sie waren nicht seine Begleitung. Sie sind mit Lawrence Frobisher gefahren."

„Es war eine Falle." Sie wirkte noch angewiderter. „Milton bestand darauf, daß ich mit ihm fahre. Larry war völlig entgeistert, daß kein Flugzeug zur Verfügung stand, doch seine Laune besserte sich, als er hörte, daß ich seine Begleitung sein würde. Ich habe Larry gesagt, Milton hätte Geschäftliches mit Verity zu besprechen und mich gebeten, ihn zu fragen, ob er mich mitnähme."

Hellhörig fragte Carol: „Und der wahre Grund war...?"

„Milton hatte läuten hören, daß Larry auf seiner Website eine Veröffentlichung über das Koksen der High Society plante und Rae darin eine prominente Rolle spielen würde. Da Milton wußte, wie selbstgefällig Larry ist, glaubte er, es sei leicht für mich, ihm während der langen Fahrt die Wahrheit zu entlocken."

„Und war es das?"

Kymberly schnaubte verächtlich. „Sobald er ins Reden kam, war er nicht mehr zu stoppen. Dann merkte er, daß er zuviel gesagt hatte, und beschwor mich, Milton nichts zu erzählen. Um nicht für den Rest der Fahrt genervt zu werden, sagte ich Larry: kein Sterbenswörtchen." Sie zog die Brauen hoch. „Als ob ich irgend etwas vor Milton geheimhielt!"

„Und Mr. Ryce war wütend, als Sie ihm erzählten, daß das Gerücht stimmte?"

Kymberly lächelte beim Gedanken daran. „Unglaublich wütend. Er sagte, er würde ihn einmachen, Larry Frobisher würde für seinen Verrat teuer bezahlen."

„Mr. Ryce sagte nicht, was er mit ihm vorhatte?"

Kymberly schüttelte den Kopf. „Nein, aber ich wußte, daß es schlimm werden würde. Niemand legt sich ungeschoren mit Milton an."

„Schließt das Deanna Ryce ein?"

Als Kymberly nicht antwortete, blickte Anne von ihrem Notizbuch hoch. Carol wartete einen Moment, ehe sie die Frage widerholte.

„Milton wollte sich von seiner Frau scheiden lassen und mich heiraten", sagte Kymberly herausfordernd. „Deanna würde leer ausgehen. Dafür würden seine Anwälte sorgen."

„Mr. Ryce hat gesagt, daß er Sie heiraten wollte?"

„Ist das so schwer zu glauben?" schnappte Kymberly.

„Niemand sonst hat diese Möglichkeit erwähnt."

„Nun, natürlich nicht! Es war ein Geheimnis." Sie starrte Carol an. „Noch was?"

„Wer hat Ihnen gesteckt, daß Deanna Ryce als Jugendliche in Südafrika einen Mann getötet hat?"

Ein Schulterzucken. „Ich hab's irgendwo gehört."

„Ich rate Ihnen, mit uns zu kooperieren", sagte Carol entschieden. „Das ist für Sie bestimmt vorteilhafter als eine Klage wegen Erpressung."

Mit ungläubigem Lächeln fragte Kymberly: „Erpressung? Sie belieben zu scherzen."

Carol starrte sie kalt an. Das hatte die gewünschte Wirkung. „Himmel noch mal", sagte Kymberly, „Deanna kriegt aber auch alles in den falschen Hals." Sie blickte Carol hoffnungsvoll an. „Ich habe nicht versucht, Geld aus ihr herauszuschlagen. Sie hat das falsch verstanden. Sie wissen doch, wie so was passieren kann."

„Wer hat es Ihnen gesteckt?"

Kymberly seufzte. „Milton. Als er sich zur Scheidung entschloß, hat er jemanden angeheuert, jeden Schmutz auszugraben, den er gegen sie vorbringen könnte. Er war enttäuscht, daß lediglich diese Südafrika-Sache herauskam."

„Danke. Es wäre einfacher gewesen, wenn Sie uns das gleich gesagt hätten."

Merklich erleichtert, daß das Thema abgehakt schien, bot Kymberly verspätet Erfrischungen an. Carol lehnte ab und sagte: „Am Tag als Mr. Ryce starb, sind drei Leute zum Fallschirmspringen aufgestiegen."

Kymberly runzelte die Stirn. „Das ist kein Geheimnis. Milton, Ian und Verity sind mit Bendix im Flugzeug gestartet."

„Als Inspektor Bourke und ich Sie in Ryce Hall befragten, haben Sie uns erzählt, daß Sie, als Milton Ryce zur Erde stürzte, geschrien hätten, er soll seinen Fallschirm ziehen. Stimmt das?"

„Ich weiß nicht mehr, was ich gesagt habe bei Ihrer Befragung – ich war völlig aufgelöst. Aber ich erinnere, daß ich Ihnen so etwas Ähnliches gesagt habe."

„Ian McNamaras Erinnerung nach saßen Sie im Land Rover. Sie rannten herbei und schrien Milton Ryces Namen erst, nachdem er auf der Weide aufschlug."

Ein Anflug von Irritation trat auf Kymberlys Gesicht. Sie spreizte die Hände. „Dieser Morgen war verwirrend und schrecklich. In meinem Kopf wirbelt alles durcheinander. Und außerdem – was spielt das für eine Rolle?"

„Ich frage mich, woher Sie wußten, daß es Milton war."

„Was meinen Sie damit?"

„Jeder Fallschirmspringer trägt einen Anzug, Helm und Schutzbrille, und alle Fallschirme sind orange", sagte Carol. „Ian McNamara sprang zuerst und landete sicher. Das Flugzeug zog eine Schleife, und dann sprangen die beiden anderen, Ryce und Verity Stuart, nacheinander ab."

„Ja und?"

„Sie sagten, Sie sahen jemanden fallen und merkten, daß irgend etwas nicht stimmte. Aber die Person kann ja nur ein Punkt am Himmel gewesen sein. Wieso konnten Sie sicher sein, wer es war?"

„Worauf wollen Sie hinaus?" fragte Kymberly feindselig.

„Worauf ich hinauswill, Ms. Watson, ist die interessante Tatsache, daß Sie im voraus gewußt zu haben scheinen, wer da sterben würde. Es hätte auch Verity Stuart sein können, die abstürzte, aber Ihrer eigenen Schilderung nach schrien Sie Mr. Ryces Namen."

Kym hob die Hand zum Mund. „Ich habe versucht, diesen furchtbaren Moment zu verdrängen." Sie schluchzte auf. „Es ist allzu schrecklich."

Die drohenden Tränen ignorierend, fragte Carol: „Haben Sie eine Erklärung dafür?"

In ihrer Würde verletzt, richtete Kym sich auf. „Sie können sich wohl kaum vorstellen, Kommissarin, was ich durchgemacht habe." Ihre Lippen zitterten. „Es ist mir peinlich, zuzugeben, daß ich die Sache vielleicht ein wenig überdramatisiert habe. Selbst wenn ich nicht wußte, daß es Milton war, habe ich vielleicht seinen Namen geschrien – vielleicht auch nicht. Ich weiß es einfach nicht. Was an diesem schrecklichen Tag passierte, ist mir jetzt ganz verschwommen."

„So verschwommen kann es nun auch wieder nicht sein", sagte Carol ätzend. „Ich höre, Sie verkaufen Ihre Geschichte an die Presse."

„Es gibt kein Gesetz, das das verbietet, nicht wahr, Kommissarin!" zischte Kymberly wütend.

„In Australien ist Diffamierung strafbar."

„Deanna würde mich nie verklagen", sagte Kymberly überzeugt. „Alles, was ich sage, entspricht der Wahrheit. Das ist ein Schutz, nicht wahr?"

„Und die Wahrheit ist...?"

„Es ist so klar wie die Nase in Ihrem Gesicht. Deanna wollte Miltons Tod. Mit meinen eigenen Ohren habe ich dies aus ihrem Mund gehört. Und andere Leute ebenfalls. Jetzt *ist* Milton tot. Ein allzu großer Zufall, finden Sie nicht?"

„Ihren eigenen Worten nach haben Sie Erfahrung darin, Dinge zu sagen, die Sie nicht wirklich meinen. Das könnte auch hier gelten", sagte Carol.

„Deanna hat es gemeint. Lassen Sie sich nicht von ihr an der Nase herumführen. Unter der Fassade ist sie ein ausgefuchstes Luder."

★★★

Während Anne zum Büro zurückfuhr, besprachen sie die Befragung. „Das ist ein Hammer", sagte Anne. „Ich dachte, wir hätten Kymberly überführt, weil sie im voraus wußte, daß es Ryce war, der abstürzte, aber es gibt noch eine andere Erklärung – sie neigt zu Übertreibungen."

„Sicher ist es möglich, daß sie im nachhinein alles übertrieben hat, um sensationell dazustehen. Oder es war tatsächlich ein Versehen, und sie hat Ryces Namen geschrien, ohne wissen zu können, daß er es war. Als ihr klar wird, daß sie sich damit verdächtig macht, schützt sie sich, indem sie zugibt, die Szene übertrieben dargestellt zu haben."

„Und sie bezichtigt Deanna, um von sich abzulenken?"

„Kym Watson hat es von Anfang an auf Deanna abgesehen", sagte Carol.

„Es ist zu erwarten, daß die Geliebte die Ehefrau nicht leiden kann, und umgekehrt. In diesem Fall erbt die Ehefrau die Millionen, und die Geliebte geht leer aus." Grinsend fügte Anne hinzu: „Das würde reichen, mich sauer zu machen."

„Ich habe das Gefühl, Kymberly Watson gehört zu der Sorte, die immer weiß, wo die Butterseite vom Brot ist", sagte Carol. „Sie hat Ryce dazu gebracht, ihr teuren Schmuck zu schenken. Und ich denke, sie verhökert die Geschichte zum Höchstpreis und verschenkt sie nicht an die Medien."

„Ich glaube, sie arbeitet bereits an einem Buch", sagte Anne lachend. „Ich sehe direkt den Titel: ‚Die Geliebte des ermordeten Millionärs packt aus.' Was meinen Sie?"

„Ich meine, wir recherchieren mal lieber, wer jetzt ihre Miete zahlt", sagte Carol.

★★★

Carol schaffte es, früher als sonst nach Hause zu kommen. Sie grinste sarkastisch in sich hinein, während sie rasch die Zeitungen, Zeitschriften und Bücher beiseite räumte. Wen versuchte sie zu beeindrucken? Sybil hatte mit ihr zusammengelebt und kannte Carols Gewohnheit, ständig etwas zu lesen parat zu haben, um jede freie Minute zu füllen. Und jetzt, da Carol allein lebte, tröstete sie sich um so mehr damit.

Sybil kam fünf Minuten zu früh. Sie erlebten ihren üblichen verklemmten Moment an der Haustür, wo keine genau wußte, wie sie die andere begrüßen sollte. Carol verblüffte sich selbst, indem sie Sybil rasch umarmte. Dann trat sie merkwürdig verlegen beiseite, um sie das Haus betreten zu lassen, das sie mal gemeinsam bewohnt hatten.

Sinker, sichtlich erfreut, Sybil wiederzusehen, stolzierte mit hocherhobenem Schwanz durch den Flur herbei. „Sinker, du hübscher Kater, du!“ sagte sie. Gnädig ließ er sich streicheln, dann marschierte er in die Küche voraus, wobei er über die Schulter zurückblickte und klagend miaute.

„Er hat sich nicht geändert“, sagte Carol. „Mit Futter gewinnt man noch immer sein Herz.“

„Apropos Futter“, sagte Sybil, „hast du etwas dagegen, wenn wir gleich die Pizza bestellen? Ich habe heute mittag nichts gegessen, ich hab' einen Mordshunger.“

Carol erinnerte sich, daß sie immer einen gesunden Appetit gehabt hatte und trotzdem nie zunahm. „Ich stelle das Bier kalt, und während du die Pizza bestellst, suche ich das Zeugs über Tante Sarah zusammen.“

Als Sybil ans Telefon ging, fütterte Carol Sinker, dann holte sie die verstaubten Fotoalben hervor, die sie ganz hinten im Schrank verstaut hatte. „Alles von früher“, sagte sie und unterdrückte ein Niesen.

Sybil hatte eine Mappe mit dem Material dabei, das ihr Lillian Broadhall geschickt hatte. „Wie viele Jahre sich deine Tante schon bei den Ökohexen engagiert“, sagte sie und breitete die Zeitungsausschnitte auf der Küchenbar aus. „Schau nur. Tante Sarah vorneweg, zunehmend militant.“

„So ist meine Tante“, sagte Carol mit resigniertem Stolz.

Sie entstaubte das erste Album und schlug es vor Sybil auf. „Dies ist eine Ewigkeit her. Und lach bloß nicht über dieses dürre blonde Küken da – das bin wahrscheinlich ich.“

Carol sah zu, wie Sybil den roten Schopf über die Seiten beugte und mit Papierstreifen die infragekommenden Fotos markierte. Sie hatte schöne Hände mit langen Fingern.

„Wir hatten gute Zeiten miteinander, nicht wahr?“

Die Worte waren herausgerutscht, noch bevor Carol bewußt war, daß sie ihre Gedanken laut ausgesprochen hatte. Sybil blickte überrascht auf. Die Türklingel läutete.

„Ich geh' schon", rief Carol und dachte: *Die Pizza rettet mich.* Sie würde so tun, als sei nichts geschehen, und der peinliche Moment ginge vorbei.

Sie räumten Platz frei und setzten sich zum Essen auf die hohen Küchenstühle. Das Bier war kalt, die Pizza wunderbar dekadent. Sie stießen stumm mit den Bierdosen an, und für einen Augenblick fühlte sich Carol völlig entspannt.

Sybil durchbrach die Stimmung und sagte: „Hast du definitiv beschlossen, nicht in die Staaten zu ziehen?"

Definitiv? dachte Carol. *Hatten Leota und ich nicht etwas, das es wert war, aufrechterhalten zu werden?*

„Ich ziehe nicht in die Staaten", sagte sie, und zum ersten Mal wußte sie unmißverständlich, daß das stimmte.

Sybil nickte, sagte aber nichts dazu.

In dem Bedürfnis, das Thema zu wechseln, erklärte Carol: „Ich habe Yancey angerufen. Sie leiht mir gern das Porträt für die Party."

„Ich nehme an, du hast sie eingeladen?"

„Hab' ich, aber sie hat abgelehnt."

Sybil zuckte zusammen. „Meinetwegen?" Und ehe Carol etwas sagen konnte, antwortete sie: „Natürlich meinetwegen."

Carol verspürte plötzlich den Drang zu gestehen, daß Yancey vor ihrer Trennung mit Carol gesprochen und ihr den Grund gesagt hatte. Der Drang verschwand ebenso plötzlich. Damit hätte sie Yanceys Vertrauen mißbraucht, oder nicht? Oder rationalisierte sie damit, daß sie Sybils Antwort darauf gar nicht hören wollte?

„Kaffee?" fragte Carol.

„Ja, bitte."

Erleichtert stand Carol auf, füllte Kaffeemehl in ihre uralte Kaffeemaschine, und Sybil räumte die Reste ihres improvisierten Mahls ab. In stiller Übereinkunft wurde das Thema Yancey ebenso fallengelassen wie Carols Entscheidung, in Australien zu bleiben.

Bald türmten sich auf der Küchenbar Fotoalben, vergilbte Zeitungsausschnitte und Broschüren. Carol griff nach einer und blätterte darin. „Tötet unsere einheimischen Vögel nicht durch Hilfsbereitschaft“ lautete befehlend der Titel. Es war eine von vielen, die Tante Sarah auf der alten Offsetdruckmaschine hergestellt hatte. Als Kind hatte Carol die Exemplare in Packen gestapelt, das Wort ihrer Tante zu ökologischen Themen, das an alle, die es hören wollten, weitergegeben wurde.

„Die Titel sind im Lauf der Zeit sehr viel griffiger geworden“, bemerkte Carol. „Hier einer aus jüngerer Zeit.“

Auf dem Cover war ein Achtzehn-Loch-Golfplatz mit einem verendeten Vogel zu sehen, der flach auf dem Rücken lag und ein jammervolles Bild bot. In einer Kralle hielt er ein kleines Schild mit der Aufschrift: VERGIFTET!

„Ich wette, der Titel: ‚Golfplätze töten!‘ war ein Bestseller“, sagte Sybil grinsend.

Am Ende des Abends hatte Sybil einen Stapel Material zum Mitnehmen aufgetürmt. Carol packte alles in einen Karton und klebte den Deckel mit Klebstreifen zu.

„Das war mir eine große Hilfe, Carol.“ Sybil machte sich zum Gehen fertig.

„Hast du noch immer dasselbe Gefühl, was dieses Haus betrifft?“ fragte Carol.

Sybil blickte sie einen langen Moment an. „Ich fürchte ja. Tut mir leid. Ich weiß, daß du das Haus liebst.“

„Ich wollte nur wissen, ob die Zeit etwas geändert hat.“

„Es geht mir viel besser“, sagte Sybil. „Ich kann mich einen Abend hier aufhalten, wie heute, ohne daß mich die Erinnerung überfällt, und ich weiß, daß du das Haus völlig umgebaut hast, aber das ändert nichts.“

„Ich verstehe."

„Tust du das, Carol?"

„Ich glaube doch." Sie nahm den Karton. „Ich trage ihn dir zum Wagen."

Es war ein wundervoller Abend – am Himmel blinkten die Sterne, eine sanfte Brise wehte. Sinker begleitete die beiden ein Stück des Wegs zum Stellplatz oben an der Straße, ehe er im Garten verschwand. „Er ist noch immer eine Niete als Jäger", sagte Carol, „insofern mußt du keine Angst haben, daß er auf Beutefang geht."

Sie schob den Karton auf den Rücksitz. Einem anderen verklemmte Moment kam Sybil zuvor, indem sie Carol die Hand auf den Arm legte, „vielen Dank" sagte und ins Auto stieg. Ehe sie abfuhr, ließ sie die Scheibe herunter. „Ja, wir hatten gute Zeiten miteinander, Carol", sagte sie, „ich halte sie hoch."

Carol sah ihr nach, bis die Rücklichter verschwanden.

13

„Ich hoffe, Sie haben nichts dagegen, daß ich hier so reinplatze, Kommissarin Ashton."

„Nicht im geringsten, Ms. Stuart." Carol bot Verity Stuart einen Stuhl an. Heute hatte sie das lange schwarze Haar mit einem Seidentuch zusammengebunden und trug ein lila Hemd zur weißen Jeans.

Sie setzte sich und blickte sich in Carols Büro um. „Wie ich sehe, werden meine Steuern nicht in Luxuseinrichtungen verschwendet."

Carol stimmte ihr im stillen zu. Die freundlichste Beschreibung ihres Büros wäre *funktional.* Sie wandte den

Blick vom Posteingangskorb, der wie üblich überquoll, und sagte rasch: „Was kann ich für Sie tun?"

„Ich habe eine Information, die ich Ihnen schon längst hätte geben sollen." Verity räusperte sich. „Woher ich sie habe, möchte ich aber nicht verraten."

Carol nickte. „Schießen Sie los."

„Bendix hat für die Clements Drogen geflogen."

Carol lehnte sich in ihren Sessel zurück. „Tatsächlich?"

„Glauben Sie mir?"

Mit einem Anflug von Lächeln sagte Carol: „Ein Beweis wäre hilfreich."

„Fragen Sie Huffner – Inspektor Huffner. Er steckt mit drin."

„Sie sagen, Basil und Morris Clement lassen Drogen nach Hash's Creek ein- oder ausfliegen?"

„Hauptsächlich ausfliegen. Die Clements haben in einem Wohnwagen an einer abgelegenen Stelle auf ihrem Gelände ein Methamphetaminlabor eingerichtet. Sie verpacken die Droge kiloweise, und Bendix fliegt sie nach Sydney und anderen Großstädten des Landes."

„Woher wissen Sie das, Ms. Stuart?"

Verity schüttelte den Kopf. „Ich hab' doch gesagt, daß ich das nicht verraten werde."

„Sind Sie in diesen Handel involviert?" fragte Carol.

Verity brauste wütend auf: „Ganz und gar nicht! Wer mich kennt, weiß, daß ich absolut gegen Drogen bin."

„Dann verraten Sie mir, warum Sie jetzt damit kommen?"

„Weil es vielleicht etwas mit Miltons Tod zu tun haben könnte. Ich denke, er stolperte womöglich über das, was da vorging: Daß sein Flugplatz als Drogenumschlagplatz benutzt wurde. Vermutlich sage ich damit, daß die Clementbrüder allen Grund hatten, ihn loswerden zu wollen."

Carol dachte an die Drogen und das Geld in Ryces Safe. „Sie glauben nicht, daß Milton Ryce selbst verstrickt war?"

„Wieso sollte er? Er war reich. Er brauchte das Geld nicht."

Nach Carols Erfahrung gab es bei Geld kein „Zuviel“. Auch wenn er reich gewesen war, hätte Milton Ryce wahrscheinlich kein Geld abgelehnt, bloß weil er es nicht brauchte. Moral war eine andere Sache. Möglicherweise war Ryce gegen den Drogenhandel vor allem wegen der Sucht seiner Tochter. Das würde am Ende das Drogendezernat ermitteln.

„Hat Mr. Ryce je über Drogen mit Ihnen gesprochen?“

„Unsere Beziehung war rein geschäftlich.“

Carol zog eine Braue hoch. „Ms. Stuart, ich muß Sie darauf hinweisen, daß ein Zeuge Ihre Beziehung zu Mr. Ryce als intim bezeichnet hat.“

Verity errötete. „Wer hat das gesagt?“

„Stimmt es?“

Sie rutschte unbehaglich auf ihrem Stuhl. „Es ist ein paarmal passiert.“ Sie blickte Carol herausfordernd an. „Von meiner Seite aus war es eine geschäftliche Entscheidung. Ich brauchte die finanzielle Absicherung, und ich wußte, daß Milton meiner bald überdrüssig wäre. Unter diesen Umständen war da nicht viel zu erdulden.“

„Und wurde er Ihrer bald überdrüssig?“

„Ach Gott, ja“, sagte Verity. „Kymberly Watson kreuzte auf und schnappte ihn sich. Er hatte keine Chance. Sie hat ihn gefickt, bis ihm die Augen herausquollen.“

Carol verbiß sich ein Grinsen und fragte: „Also hat Ms. Watson Ihnen einen Gefallen getan?“

„Ja, aber unbeabsichtigt. Kymberly hat nur einen Gedanken: Nummer eins zu sein. Sie hatte Milton wie einen Fisch an der Angel. Sie war darauf aus, Deanna loszuwerden und Milton zu heiraten.“

„Glauben Sie, sie hätte das geschafft?“

Verity lachte befriedigt. „Kymberly hat es verpfuscht, weil sie zuviel Druck gemacht hat. An seinem letzten Tag sagte mir Milton, er wolle sie verlassen. ‚Zu aufwendig, zu manipulativ‘, genau das hat er gesagt.“

„Aber warum sollte er Ihnen das anvertrauen?“ fragte Carol mit skeptischem Unterton.

Verity lächelte grimmig. „Er hatte einen Plan. Er wollte wieder mit mir zusammensein – jedenfalls dachte er das.“

„Sie wären damit nicht einverstanden gewesen?“

„Vorher hätte ich ihn umgebracht.“ Sie gab ein halbherziges Lachen von sich. „Gott, das meine ich ja nicht wörtlich, Kommissarin. Er gab mir finanzielle Rückendeckung. Ich brauchte ihn unbedingt lebend.“

★★★

Mark Bourke traf Carol im Besprechungsraum, wo für die Ermittlungen im Mordfall Ryce eine weiße Tafel aufgestellt war. Die Wände waren schmuddelig beige, Stühle und Tische ramponiert und bunt zusammengewürfelt. Hier fanden die Lagebesprechungen statt, und das Team hörte sich die verschiedenen Stadien der Operationspläne an. Im Augenblick waren nur Carol und Bourke im Zimmer.

„Verity Stuart hat völlig recht in bezug auf Huffner“, sagte Bourke. „Er ist suspendiert, gegen ihn läuft ein Verfahren. Es scheint so, als reichen die Beweise, daß er bei den Clements und Ryce mitgemischt hat. Er wurde bezahlt, damit er wegschaute und die vielen An- und Abflüge auf Ryces Flugplatz nicht zur Kenntnis nahm. Aber er wurde gierig und wollte ein größeres Stück vom Kuchen. Wäre Ryce nicht gestorben, schätze ich, daß Inspektor Huffner einem tödlichen Unfall zum Opfer gefallen wäre.“

„Kann er die Clements und Ryce belasten?“

„Im Augenblick redet er nicht, auf Anraten seines Anwalts. Aber ich bin sicher, daß er es sich anders überlegt, wenn man ihm einen Kuhhandel vorschlägt.“

Bourke deutete auf seine saubere Handschrift an der Tafel. „Maureen hat mir gerade über ihre Recherchen der anderen

Opfer von Ryce berichtet. Sie kommen nicht als Verdächtige in Frage. Jede einzelne Person hat Milton Ryce zwar die Pest an den Hals gewünscht, aber auf keine von ihnen treffen alle erforderlichen Punkte zu."

„Als da wären...?" Carol starrte auf die Tafel.

„Punkt eins: Die Person, eine oder mehrere, die Milton Ryce ermordet hat, muß sich mit Fallschirmen ausgekannt haben oder sonstwie in der Lage gewesen sein, mit Hilfe von anderen die Fallschirme von Ryce auszuschalten.

Punkt zwei: Es muß Gelegenheit und ausreichend Zeit gegeben haben, das Fallschirmgepäck, das Milton Ryce benutzen wollte, wieder zusammenzufalten, und zwar so gekonnt, daß nichts daran auffällig war. Oder das Gepäck mußte lange vorher funktionsuntüchtig gemacht worden sein, um es dann im richtigen Moment auszutauschen.

Punkt drei: Ein Motiv, stark genug für einen Mord."

„Mark", sagte Carol, „wenn wir eine unbekannte Person mit einer Mordswut ausschließen können – und ich meine, das können wir, weil der Zugang zu Ryces Gepäck eine zentrale Rolle spielt –, wer steht dann auf deiner Liste?"

Bourke deutete auf die Tafel. „Ganz oben die Clementbrüder. Drogen und Geld sind eine überzeugende Mischung."

„Wenn Morris Clement und Ryce Partner waren", sagte Carol, „warum sollte Morris die Person umbringen, die Organisationstalent und für den Vertrieb einen Flugplatz besaß? Das gleiche gilt für seinen Bruder. Basil kann Geld am meisten gebrauchen. Sein Lebensstil und die grandiosen Architekturpläne erfordern ständigen Nachschub."

„Ja, aber wenn Verity Stuart die Wahrheit sagt, betrieben die Clements ihr eigenes blühendes Methgeschäft. Sicher ist es bequem, Ryces Flugplatz dafür zu benutzen, aber nicht zwingend notwendig."

„Das ist richtig", sagte Carol, „und Gier ist ein hervorragendes Motiv. Das halbe Geschäft gegen das ganze. Morris und Basil könnten beschlossen haben, daß es das Risiko wert war, Ryce aus dem Weg zu räumen und alles für sich allein zu haben."

„Und da ist noch der interessante Punkt", sagte Bourke, „daß Morris Clement bei der Nationalgarde gedient hat und zum Fallschirmjäger ausgebildet wurde, eine Tatsache, die er bisher lieber unerwähnt gelassen hat."

„Die Gelegenheit ist ein Problem, es sei denn, jemand mit Zugang zu Ryces Gepäck ist sein Komplize", überlegte Carol.

Bourke grinste. „Wenn dir die Clements nicht gefallen, kann ich dir auch mit den Nächsten und Liebsten dienen. Ted und Rae haben beide ein wunderbares Motiv – beträchtlichen finanziellen Gewinn. Bei Rae kommt der Haß auf ihren Vater dazu. Und beide, sie und ihr Bruder, kennen sich bestens im Fallschirmspringen aus."

Carol tippte auf die Tafel, auf der Deanna Ryce stand. „Und Deanna", fuhr sie fort, „hat einen sehr guten Grund, sich zu wünschen, ihr Mann wäre tot – den vorehelichen Vertrag, den sie unterschrieben hat. Bei einer Scheidung bekommt sie kaum etwas; stirbt aber Ryce vor der Scheidung, erbt sie Millionen. Allerdings versteht sie offenbar gar nichts vom Fallschirmspringen."

„Aber McNamara. Und als Deannas Geliebter hat er allen Grund, sich zu wünschen, daß sie erbt, damit er Nutznießer des Vermögens wird, das sie bekommt."

„Fassen wir also zusammen", sagte Carol. „Ted und Rae sind versierte Fallschirmspringer, und man kann davon ausgehen, daß sie freien Zugang zur gesamten Ausrüstung von *Skydivers Anonymous* haben. Deanna behauptet, keine Ahnung von dem Sport zu haben, aber Ian McNamara sehr wohl, und der war mit Ryce im Flugzeug und könnte das Gepäck vertauscht haben."

„Ich hätte viel lieber Lawrence Frobisher als Täter", sagte Bourke. „Leider scheint er vom Fallschirmspringen keine

Ahnung zu haben, aber ich bin sicher, er könnte einen Komplizen gefunden haben, der sich auskannte. Und sein Motiv ist stark – er will Miltons Verleumdungsklage verhindern. Polly sagte, Ryce hätte geschworen, ihn zu ruinieren, und Ryce gehörte zu den Typen, die sowas durchziehen."

„Verity Stuart hatte eine Menge Gelegenheiten, aber keine Ahnung vom Fallschirmpacken und kein erkennbares Motiv. Sie mochte Milton Ryce nicht, aber das trifft auf die meisten Leute zu, und sie hätte von seinem Tod nicht profitiert, denn er bot ihr die finanzielle Absicherung für das Sanierungsprojekt in Woolloomooloo."

„Nachdem er ihr den Streich mit dem defekten Hauptfallschirm gespielt hat, würde ich sagen, sie hätte ihn eigenhändig erdrosselt, hätte ihn nicht jemand anders erledigt."

„Apropos eigenhändig erdrosselt: Das träfe auch auf Richie Keele zu, nicht wahr? Man verspottet ihn immer noch, weil er diesem UFO-Quatsch auf den Leim ging."

„Motiv ja, aber weder Gelegenheit noch eine Ahnung vom Fallschirmspringen."

„Es sei denn", sagte Bourke grinsend, „er hat einen Komplizen!"

„Kymberly Watson brauchte keinen Komplizen. Sie hatte die Kenntnis wie den Zugang zu Ryces Fallschirmen."

„Und was ist ihr Motiv?"

„Auf den ersten Blick hat sie keines. Eher umgekehrt – sie will ihre Melkkuh nicht verlieren, insofern ist sie interessiert daran, daß Ryce lebt. Aber Verity Stuart sagt, Ryce hätte sich von Kymberly trennen wollen. Wenn sie wußte, was sie erwartete, dann wäre vermutlich Rache ihr Motiv."

„Was ist mit Bendix?" fragte Bourke. „Er schiebt eine ruhige Kugel, interessiert sich nicht für das Drogengeschäft seines Arbeitgebers, lebt komfortabel in dessen Haus, fliegt nur gelegentlich hierhin und dahin, was sich dann Arbeit nennt. Was, wenn er es mit einer kleinen Erpressung versucht hat, um sich für das Alter ein nettes Polster zu verschaffen? Und Milton wäre ausgerastet, was er bestimmt wäre. Da hat Bendix ein Motiv, seinen Boss loszuwerden, und er hat massenhaft Gelegenheit, die Sache durchzuziehen."

„An Erpressung auch nur zu denken, wäre gefährlich. Neville Bendix muß klargewesen sein, wie rücksichtslos Ryce sein konnte. Bendix ist vielleicht amoralisch, aber nicht dumm. Ich glaube nicht, daß er das Risiko eingegangen wäre."

„Es sei denn", sagte Bourke, „Bendix hätte es für jemand anders getan."

Carol verdrehte die Augen. „Zuerst haben wir eine Fülle von Verdächtigen, jetzt drängeln sich auch noch die Komplizen. Was für ein Schlamassel."

★★★

Anne kam sichtlich aufgekratzt in Carols Büro. „Raten Sie, wer Kymberly Watsons Apartment für ein halbes Jahr vorausbezahlt hat. Ted. Ted Ryce!"

„Wann war das?" Carol sah von ihren Papieren hoch.

„Ein paar Tage bevor Milton Ryce starb."

„Dieser kleine Hinweis muß Ms. Watson entfallen sein, als wir zuletzt mit ihr sprachen", sagte Carol. „Ich frage mich, woher Ted wußte, daß sie demnächst zu haben wäre."

„Tja", überlegte Anne, „entweder hat Milton zu Ted gesagt: ‚Mein Sohn, ich habe genug von Kym Watson – du kannst sie haben.' Oder Milton hatte keine Ahnung, was vor sich ging, aber Ted wußte, daß sein Vater nicht mehr lange am Leben wäre."

Nachdem Anne gegangen war, kritzelte Carol in Gedanken auf ihrem Block herum. Dann schlug sie eine Akte auf, suchte eine Nummer und wählte.

„Mr. Keele? Kommissarin Ashton hier. Ich hätte noch ein paar Punkte zu klären."

Nach einem kurzen Gespräch bedankte sie sich bei ihm und legte auf. Dann ging sie zu Mark Bourke hinüber.

„Mark? Was hältst du davon? Larry Frobisher wußte im voraus, daß Milton Ryce plante, ihn fertigzumachen, indem er dem Frobisher-Report sensationelle Skandalgeschichten zukommen lassen wollte. Jede sollte ganz echt wirken, wäre aber reiner Schwindel. Frobisher erzählte Richie Keele, er hätte es entdeckt, als er Ryces Schreibtisch in Ryce Hall durchstöberte – offenbar tat er das öfter."

„Der Frobisher-Report steht in dem Ruf, die Wahrheit zu schreiben. Eine Demonstration, daß er jemandem total auf den Leim gegangen wäre, hätte Frobisher vernichtet."

„Er brauchte einen Komplizen, Mark. Frobisher war nicht in der Lage, die Fallschirme unbrauchbar zu machen."

„Ted?" Bourke grinste. „Oder Rae? Oder Kym? Oder McNamara? Such dir jemanden aus."

„Aber nicht Verity Stuart?"

Bourke spreizte die Hände. „Verity Stuart faltet keine Fallschirme, erinnere dich."

„Das sollten wir besser überprüfen, Mark."

14

Milton Ryce hatte nominell der anglikanischen Kirche angehört, deshalb sollte die Trauerfeier in einer alten Sandsteinkirche stattfinden, die mehr durch Prominentenhochzeiten als durch Beerdigungen berühmt war. Es war ein heißer, sonniger Nachmittag, der blasse Himmel wolkenlos, Zikaden zirpten in den Bäumen entlang der Straße.

Man hatte ein symbolisches Fallschirmspringen geplant, bei dem ein leerer, mit Gewicht beschwerter Fallschirm herabschweben sollte, aber die Behörden verweigerten die Erlaubnis „aus Gründen der öffentlichen Sicherheit“ und zur großen Enttäuschung der Fernsehsender.

Wie Carol erwartet hatte, gab es auch ohne das einen größeren Medienauftrieb. Ü-Wagen hatten die besten Parkplätze besetzt, Reporter von Fernsehen, Rundfunk und Presse kämpften um die besten Positionen beim Defilée der Trauergäste in die Kirche. Neugierige Gaffer drängelten sich vor, um bessere Sicht zu bekommen, manche riefen die Prominenten beim Namen, fast wie bei einer Kinopremiere, wo die Stars über den roten Teppich schreiten.

Carol, im klassisch geschnittenen dunkelblauen Hosenanzug, stand direkt an der Kirchentür und musterte die Eintretenden. Im Strom der Gäste entdeckte sie als erstes den stellvertretenden Premierminister als Abgesandten der Regierung. Aus dem Publikum kamen ein paar Pfiffe, doch er verzog wie immer keine Miene. Ihm folgte Basil Clement im anthrazitfarbenen Anzug von makellosem Schnitt, hinter ihm, wie ein Schatten, Morris Clement.

Als Basil die flachen Sandsteinstufen vor der Kirchentür erreichte, rief jemand: „Mach’s gut, Basil!“ Lächelnd drehte er sich um und wollte schon winken, als ihm offensichtlich der Ernst der Situation klar und seine Miene wieder feierlich wurde.

Ihm folgte Verity Stuart, ganz trauernde Witwe. Sie trug ein fließendes Gewand in Bahnen von dunklem Purpur und Schwarz und einen schwarzen Hut mit Halbschleier.

Die Überzeugung der Witwe, Kymberly Watson werde es nicht wagen, zur Beerdigung zu kommen, Lügen strafend, erschien diese unmittelbar hinter Verity in einem hautengen schwarzen Kleid, ein schwarzes Spitzentaschentuch an die Lippen gepreßt. Sie ging langsam an den Gaffenden und Medienleuten vorbei und hielt nur ein-, zweimal an, um ihr tragisches Gesicht in die Kameras zu halten.

Kaum war Kymberly in der Kirche verschwunden, näherte sich die Gruppe der Haupttrauernden: Deanna Ryce, ganz in Schwarz, gestützt von Ian McNamara; Polly Treeve, steif und aufrecht; Rae Ryce mit düsterem Blick trug Polohemd, Jeans und Slippers in drei verschiedenen Schwarztönen; Ted Ryce tänzelte in schwarzem Anzug vorüber, den Kopf nach rechts und links drehend, als mustere er die Menge.

Neville Bendix, sich in Anzug und Krawatte sichtlich unwohl fühlend, eilte hinter ihnen her. Sein verknittertes Gesicht war ernst, sein üppiger Schnurbart hing – passend zum Anlaß – schlaffer herab als sonst.

Carol war früh gekommen und hatte gesehen, wie der Sarg aus poliertem Rosenholz in die Kirche getragen und vor der Kanzel aufgebahrt worden war, damit die Gemeinde über die Kürze des Lebens und die Gewißheit des Todes nachdenken konnte. Der Chef des Bestattungsinstituts hatte ein riesiges Bouquet weißer Lilien auf dem Sarg befestigt. Auch wenn das Blumenarrangement noch so prächtig war, konnte Carol es nicht ausstehen. Warum, wußte sie nicht, vermutete aber, daß es etwas mit den Lilien beim Begräbnis ihrer Mutter wie dem ihres Vaters zu tun hatte.

Als sie die Kirche betrat, tauchte plötzlich Larry Frobisher neben ihr auf. „Hier wegen der Show, Kommissarin?"

„Die Show?"

„Wo jeder so tut, als sei er nicht total entzückt, daß Milton für immer von uns gegangen ist."

„Das trifft auch für Sie zu, Mr. Frobisher?"

Er zog den Kopf ein. „Ich doch nicht, Kommissarin. Ich hatte eine durch und durch zivilisierte Beziehung zu Milton."

„Tatsächlich?" fragte Carol. „Soweit ich weiß, hat er ihnen mit einer Klage gedroht."

Einen Moment lang wirkte Frobisher perplex, dann sagte er: „Ein übles Gerücht, Kommissarin. Aber das kenne ich ja, im Laufe der Jahre."

„Mr. Ryce hat Ihnen nie einen Streich gespielt, Mr. Frobisher?"

„Nein, natürlich nicht."

Die Orgelmusik schwoll an. „Ich würde mich gern nachher mit Ihnen unterhalten", sagte sie.

„Dann beim Leichenschmaus, Kommissarin", antwortete Frobisher, sein nonchalanter Ausdruck überzeugte nicht ganz.

Als sie zur Kirchenbank ging, bemerkte sie, daß Ted Ryce über den Sarg seines Vaters gebeugt war, offensichtlich ins Gebet vertieft. Dann bekreuzigte er sich mit ernstem Gesicht, neigte den Kopf vor dem Altar und setzte sich vorn in die erste Bank zu den anderen Familienmitgliedern.

Kymberly Watson hatte den Nerv gehabt, auf der anderen Seite des Kirchenschiffs nur wenige Reihen dahinter Platz zu nehmen. Sie hielt den Kopf gebeugt und betupfte sich mit dem Spitzentaschentuch die Augen. Carol fragte sich zynisch, ob das einzig und allein für die Show war, oder ob sie wirklich die Trauer empfand, die sie demonstrierte.

Die feierliche Musik verklang. Es wurde so still, daß man das Rascheln der Kleider hören konnte, wenn sich jemand bewegte. Jemand hustete verhalten.

Der Pfarrer, die Hände vor der Brust gefaltet, begann mit den Worten: „Mit nichts kommen wir auf diese Welt, und es steht fest, daß wir sie mit nichts verlassen. Der Herr hat's gegeben, der Herr hat's genommen, gelobt sei –"

„Laßt mich raus! Laßt mich raus!" Dumpfes Hämmern von Fäusten auf Holz schien vorn aus der Kirche zu kommen. „Ich bin hier eingeschlossen! Ich bin hier eingeschlossen! Laßt mich raus!"

Dem Pfarrer stand der Mund offen; die Leute saßen wie vom Donner gerührt, alle Augen starrten auf den polierten Sarg. „O mein Gott!" schrie jemand. Kymberly Watson taumelte in den Gang, die Hand vor dem Mund, dann drehte sie sich um und floh nach draußen.

Nach dem ersten Anflug von Überraschung realisierte Carol, daß das ein Streich sein mußte. Sie suchte nach den Kameras, bemerkte, daß ein Fernsehteam im Seitenschiff aufgetaucht war und die Reaktionen der Trauernden filmte.

Sie blickte sich nach Ted Ryce um und entdeckte ihn noch immer in der ersten Bank sitzend, mit einem Ausdruck selbstgefälliger Zufriedenheit starrte er die Trauergemeinde an. Ihre Blicke trafen sich, und er lächelte.

Carol stand auf und ging zum Seitenschiff. Wieder ertönte die Bitte, man möge ihn aus dem Sarg lassen, das Hämmern der Fäuste und die Stimme wurden immer panischer.

Einige Trauergäste waren offensichtlich geschockt und wußten nicht, was sie tun sollten. Etliche lachten, vielen liefen Tränen übers Gesicht. Carol musterte die Trauernden in der ersten Reihe. Rae Ryce war sichtlich wütend, sie schäumte vor Zorn, was ihrem Bruder gleichgültig war. Deanna Ryces Gesicht war ein erstarrtes bleiches Oval. Steif saß sie da und ignorierte die Konsterniertheit ringsum. Ian McNamara neben ihr hielt den Kopf gesenkt, auf eine Hand gestützt, so daß Carol sein Gesicht nicht sehen konnte.

In der Reihe dahinter reagierten Basil und Morris Clement völlig unterschiedlich. Offensichtlich geschockt warf Basil den Kopf herum, als suche er Hilfe. Morris tangierte der Tumult überhaupt nicht, sein Ausdruck war distanziert wie immer.

Weiter hinten im Kirchenschiff sah Carol, wie Frobisher hastig in sein Mobiltelefon sprach, sein Gesicht vor Wonne ganz aufgekratzt.

Der Pfarrer stand da wie gelähmt. Carol eilte zur ersten Bank und sagte zu Ted Ryce. „Stellen Sie das ab, *sofort!*“ Dann trat sie zum Pfarrer. „Es ist ein Streich, Reverend. Bitte, beruhigen Sie die Gemeinde.“

Verstört sah er sie an. „Ein Streich? Natürlich, ein Streich.“

Sicher, daß Ted, als er über dem Leichnam seines Vaters ins Gebet vertieft schien, dort ein Gerät installiert hatte, ging

Carol zum Sarg. Sie hatte es gerade an der Unterseite des Sargs entdeckt, da hörte das Hämmern und Bitten abrupt auf.

Sie drehte sich um und sah Ted an, der sie angrinste. Er gestikulierte mit erhobenen Daumen. Daß er aus der Trauerfeier seines Vaters ein Fiasko machte, bekümmerte ihn offensichtlich überhaupt nicht.

Der Pfarrer erhob die Stimme, sein sonores Organ überrollte die verstörte Gemeinde. „Dies ist das Haus Gottes. Es ist Blasphemie, diese Andacht zu verspotten. Ich bitte alle, sich wieder zu setzen, damit die Andachtsordnung eingehalten werden kann."

Als Carol zu ihrem Platz zurückeilte, hielt Ted Ryce sie am Ärmel fest. „Ich hab's für Dad getan", sagte er. Er deutete mit dem Kopf zur Kuppel hinauf. „Er ist da oben, lacht vergnügt und amüsiert sich."

15

Nur die engsten Familienangehörigen waren bei der Beerdigung in der Ryce'schen Familiengruft zugegen. Die übrigen Trauergäste machten sich auf den Weg nach Turramurra zum Haus der Ryces. Carol hatte mit der Post eine offizielle Einladung zur „Feier des Lebens von Milton Ryce" erhalten.

Sie mußte in einiger Entfernung parken und genoß den Spaziergang durch die Alleen. An einem Nachmittag wie diesem lag der Gedanke an Tod und Verwesung sehr fern. Nüchtern dachte Carol, wie wenige Leute wohl ehrlich Milton Ryces Ableben betrauerten. Die Feier, zu der sie ging, mochte als Feier des Lebens von Ryce ausgegeben werden, aber Carol war absolut klar, daß zumindest eine Person dort anwesend wäre, die im stillen seinen Mord feierte.

Während sie weiterging, rief sie Les Upton an. „Les? Was haben Sie für mich?"

„Verity Stuart ist eine glückliche Frau." Seine Stimme klang richtig begeistert. „Wie es scheint, hat Ryce kaum das Zeitliche gesegnet, da stehen die Geldgeber für ihre Sanierungsprojekte schon Schlange."

„Irgendwer von Interesse?"

„Keiner von unseren Verdächtigen."

„Wie schade", sagte Carol.

„Das Beste kommt noch", erklärte Upton. „Alle neuen Finanziers – schulden Larry Frobisher einen Gefallen."

Carol hörte gespannt seine überaus detaillierte Erklärung. Als er fertig war, bat sie Upton, sie mit Anne zu verbinden.

Sie hatte Anne gestern gefragt, wohin sie sich wenden würde, wenn sie das Fallschirmpacken lernen wollte. Wie Carol vermutet hatte, war dafür der Australische Fallschirmspringerverband zuständig.

„Ich habe sie gefunden!" triumphierte Anne. „Sie war raffiniert und hat sich an eine Zweigstelle im Norden gewandt, wo niemand sie kannte. Aber sie mußte ihren Ausweis vorlegen, um am Kurs teilzunehmen, damit war sie registriert."

Carol spürte das Kribbeln der Aufregung. „Rufen Sie Mark und kommen sofort mit ihm her. Ich möchte denen nicht die Zeit geben, füreinander Ausreden zu erfinden."

★★★

Kurz nachdem sie sich unter die Gästeschar gemischt hatte, die das reichhaltige Buffet unter den Markisen hinten im Garten belagerte, trafen die Familienmitglieder von der Beerdigung ein. Ted machte einen gedämpften, Rae einen distanzierten Eindruck. Deanna wirkte erschöpft, aber ihr Gesicht war vor Ärger gerötet. Ian McNamara redete beschwörend auf sie ein, die Hand auf ihren Arm gelegt.

Sie schüttelte ihn ab und sagte so laut, daß sie die Gespräche übertönte: „Ich bitte um Gehör!" Als die Menge still wurde, fuhr sie mit zorniger Stimme fort: „Ich muß mich für die Störung der Trauerfeier für meinen Mann durch meinen Stiefsohn entschuldigen. Ted hatte nicht das Recht, Sie alle seiner geschmacklosen Demonstration sogenannten Humors auszusetzen. Ich halte es für unwahrscheinlich, daß Ted sein Bedauern äußert, deshalb entschuldige ich mich für ihn."

Sie drehte sich zu Ted um. „Hast du irgend etwas zu deiner Entschuldigung zu sagen?"

„Ich habe nur Vaters Wunsch erfüllt."

Lautes Murmeln folgte. Carol dachte, sie sei wohl nicht die einzige, die das durchaus möglich fand. Es war genau das, woran Milton Ryce Spaß gehabt hätte.

Ted blickte sich lächelnd um. „Meine Stiefmutter hat keinen Sinn für Humor", sagte er bissig. „Ich bin der Sohn meines Vaters. Ich hielt es für meine Pflicht, seinen Wunsch zu erfüllen. Mich befriedigt es, daß er heute stolz auf mich wäre."

Wenn Deanna vorher verärgert war, war sie jetzt richtig in Rage. Carol war sicher, sie hätte Ted eine geknallt, hätte Ian McNamara sie nicht beiseite gezogen.

Die meisten Gäste fanden die Auseinandersetzung unterhaltsam. Der Lärmpegel schwoll an, während die Leute sich auf das Buffet stürzten. Carol entdeckte Frobisher in einem Menschenknäuel an der Bar.

Mit dem Gefühl der Erleichterung sah sie Mark Bourke und Anne Newsome herankommen. Bourke nickte ihr rasch zu. Deanna Ryce war informiert worden.

„Kommissarin Ashton! Sie wollten mich sprechen!" Das war Ted Ryce, der sehr zufrieden mit sich aussah.

„Hat Verity Stuart gewußt, daß sich ihr Hauptfallschirm nicht öffnen würde?"

Ted sah sie erstaunt an. „Natürlich nicht. Sie wäre nicht gesprungen, wenn sie's gewußt hätte."

„Sind Sie sicher?“

„Verflixt! Dazu braucht es Mumm. Und Verity ist ein kleiner Schisser, wenn Sie wissen, was ich meine.“

„Wußten Sie, daß Larry Frobisher die Angewohnheit hatte, Ihres Vaters Schreibtisch in Ryce Hall zu durchwühlen?“

Ted fluchte. „Dieses kleine Arschloch! Ich hatte keine Ahnung, bis ich ihn letzten Montag dabei erwischte. Und trotzdem hatte er die Stirn, mich zu bitten, ihn im Flugzeug nach Sydney mitzunehmen. Ich hab' ihm gesagt, er soll sich zum Teufel scheren.“

„Ihr Vater hat über seine Streiche penibel Buch geführt.“

Ted legte den Kopf schief. „Hat er, sowohl in Sydney als auch in Ryce Hall. Warum fragen Sie?“

„Mr. Frobisher könnte also gewußt haben, daß Verity Stuart als nächstes Opfer auserkoren war?“

Jetzt dämmerte es Ted Ryce. „Großer Gott“, sagte er. „Verity und Frobisher? Ich glaub's nicht!“ Er blickte sich suchend um und sah Frobisher mit Neville Bendix plaudern. „Diese verdammte kleine Ratte“, murmelte er.

„Sollten Sie irgend etwas sagen oder tun, verhafte ich Sie wegen Behinderung der Staatsgewalt.“

Er hob die Hände. „Ich sage kein Wort.“

Carol konnte sehen, daß Bourke sich Frobisher genähert hatte. Sie blickte suchend in die Menge und entdeckte Anne Newsome bei Verity Stuart. Sie gab beiden ein Zeichen.

Sie genoß den Anblick, wie Bourke und Anne auf ihr Ziel losgingen. Frobisher sah wütend zu Bourke auf, dann sanken seine Schultern herab, er ließ sich widerstandslos ins Haus führen. Anne unterhielt sich angeregt mit Verity Stuart, sie hatte sich offensichtlich eine überzeugende Strategie ausgedacht, da die beiden plaudernd zusammen ins Haus gingen.

Frobisher und Verity Stuart wurden in verschiedene Zimmer geführt. Carol verhaftete zuerst Lawrence Frobisher und las ihm seine Rechte vor. „Ich bestreite alles“, sagte er. Er starrte Bourke an. „Das ist einfach unerhört, mich bei einem solchen Anlaß zu verhaften."

„Dem Anlaß, das Leben des Mannes zu feiern, den Sie ermordet haben", sagte Carol. „Oder war das Verity Stuarts Idee?"

„Ja! Es war Verity. Ich habe ihr lediglich gesagt, daß Milton ihren Hauptfallschirm unbrauchbar gemacht hat..."

„Vielen Dank, Mr. Frobisher."

„Ich wollte nicht..." Er wandte den Kopf ab. „Ohne meinen Anwalt sage ich nichts mehr."

Als Carol in das andere Zimmer kam, war Verity Stuart verstummt. Mit versteinertem Gesicht ließ sie sich von Carol über ihre Rechte belehren. Sie sagte kein Wort auf Carols Frage, ob sie Freitagabend Ryces Fallschirmgepäck vertauscht hatte, nachdem sie sich am Eßtisch mit Kopfschmerzen entschuldigt hatte, oder ob sie bis zur Verladung ins Flugzeug am nächsten Tag gewartet hatte. Als Carol erklärte, Larry Frobisher habe zugegeben, ihr gesteckt zu haben, daß Ryce ihr mit dem defekten Fallschirm einen Streich spielen wollte, zuckte Verity nicht mit der Wimper.

Aber als Anne Verity Stuart zum Streifenwagen hinausführte, blickte sie sich noch einmal um, und Carol sah flammende Wut in ihren Augen.

★★★

Später, als Carol allein im Wagen in die Stadt zurückfuhr, ging sie alles noch einmal durch. Sie war sicher, wie sich das Ganze abgespielt hatte. Milton Ryce hatte sich zwei Menschen zu Feinden gemacht, die sich gegen ihn verbündeten: Larry Frobisher und Verity Stuart.

Frobisher hatte beim Durchschnüffeln von Ryces Papieren entdeckt, daß er das nächste Opfer sein sollte – ein tödlicher Schlag für seinen Stolz, da Frobisher die ganze Zeit in der Überzeugung geschwelgt hatte, zum inneren Kreis zu gehören und von Miltons ausgebufften Streichen verschont zu bleiben. Außerdem hatte Frobisher entdeckt, daß Verity Stuart ein grausamer Streich gespielt werden sollte.

Frobisher verriet Verity, was Ryce vorhatte. Sie war mordsmäßig sauer. Ryce hatte nicht nur Hintergedanken in bezug auf die Projekte, für die sie sich bis über beide Ohren verschuldet hatte, sondern erpreßte sexuelle Dienste von ihr und plante auch noch, ihr einen Todesschreck einzujagen.

Frobisher schlug Verity Stuart einen Handel vor. Wenn sie einen Weg fände, die Fallschirme in einem mit dem von Ryce identischen Gepäck unbrauchbar zu machen und es bei der ersten Gelegenheit mit der von Ryce gepackten Ausrüstung zu vertauschen, würde Frobisher im Gegenzug garantieren, ihr finanziellen Rückhalt von jenen zu verschaffen, die ihm noch einen Gefallen schuldeten.

Niemand würde sie verdächtigen können, erklärte Frobisher, denn wer glaubte schon, sie hätte den Mut zu springen, wenn sie wüßte, daß einer ihrer Fallschirme defekt wäre? Und niemand würde Frobisher verdächtigen, weil er von Fallschirmspringen nicht die blasseste Ahnung hatte.

Um sicherzugehen, daß sie die Fallschirme richtig packte, machte Verity den Kurs beim Fallschirmspringerverband. Mit diesen Kenntnissen manipulierte sie beide Fallschirme der Standardausrüstung von *Skydivers Anonymous* und packte sie danach sorgfältig, so daß alles in Ordnung schien. Dann wartete sie auf ihre Gelegenheit.

Carol dachte, daß es Ryces letzter tödlicher Schritt gewesen war, Frobisher eine Verleumdungsklage anzudrohen. Sie stellte sich vor, daß er daraufhin direkt zu Veritys Zimmer in Ryce Hall gegangen war, um sie zu überzeugen, den offenbar astreinen Plan durchzuziehen. Sicher, Verity müßte die Horrorsituation durchstehen, mit einem defekten Fallschirm zu springen, und die unwahrscheinliche Möglichkeit bestünde, daß der andere nicht funktionierte. Doch der beiderseitige Nutzen wäre bestechend. Sie wären beide Milton Ryce los, und Verity wie Frobisher könnten befreit aufatmen.

Kein Wunder, daß Verity sich übergeben hatte, als sie nahe Miltons Überresten landete. Sie hatte all ihren Mut zusammengenommen bis zum Sprung aus dem Flugzeug in dem Bewußtsein, daß ein einziger Fallschirm ihren Sturz zur Erde verhindert konnte. Was, wenn auch der versagte? Ryces zertrümmerter Körper war Demonstration genug.

Carol hatte geglaubt, allen Dingen, die ein Mensch einem anderen antun konnte, bereits begegnet und abgeklärt genug zu sein. Doch selbst sie mit ihrer langjährigen Erfahrung konnte sich nicht vorstellen, wie es war, wenn man jemanden in viertausend Fuß Höhe vertrauensvoll aus einem Flugzeug ins Leere springen sah und wußte, daß nichts diesen Sprung in den sicheren Tod aufhalten würde.

16

Es war halb vier morgens. Die Gruppe der Ökohexen, die für die Verköstigung gesorgt und aufgeräumt hatte, sowie die letzten Gäste waren endlich verschwunden und ließen eine höchst zufriedene Tante Sarah zurück. Strahlend in ihrem schwarzgoldenen Gewand, das sie für diesen Anlaß entworfen hatte – sie war zu dem Schluß gekommen, diesmal keine vom Aussterben bedrohte Tierart darzustellen –, das weiße Haar wie ein Heiligenschein um ihren Kopf elektrisch geladen, schlaffte sogar ihr energisches Selbst nach so vielen Stunden festlichen Trubels allmählich ab.

Sybil gratulierte ihr: „Du bist ein Star, Tante Sarah. Besonders gefallen hat mir, als du in diesem Fernsehinterview erklärt hast, die Ökohexen würden die Vorstände eines jeden Unternehmens, das sich an der Umwelt vergeht, in die kollektiven Knie zwingen. Das war toll!“

„Vielen Dank“, antwortete Tante Sarah überrascht über das Lob und um einen bescheidenen Ausdruck bemüht.

Carol, die den letzten Gast verabschiedet hatte, sank in einen Sessel. Sie fühlte sich gleichzeitig erledigt und aufgekratzt. Alles war gut gelaufen, und Tante Sarah hatte das Fest offensichtlich genossen. Im Mittelpunkt der Aufmerksamkeit war sie zu großer Form aufgelaufen, als sie im festlich erleuchteten Garten fürs Fernsehen interviewt wurde. Das Fernsehteam hatte gefunden, daß ihr Porträt einen ausgezeichneten Hintergrund auf dem Bildschirm abgäbe und sie davor interviewt. Dann hatte es einen Anflug von Drama gegeben, als zwei Medienleute sich in die Haare kriegten, was Carol die Gelegenheit gab, sämtliche Medientypen höflich zum Verlassen des Hauses aufzufordern.

„Schätzchen, der Abend ist so gut gelaufen“, sagte Tante Sarah und gab ihr einen Kuß auf die Wange. „Vielen Dank für alles.“

„Das meiste haben die Ökohexen getan“, erklärte Carol. „Ich bin nur in der Masse umhergegondelt.“

Tante Sarah unterdrückte ein Gähnen, starrte auf die Unordnung im Zimmer und fragte: „Können wir den Rest morgen früh erledigen?“

„Es *ist* bereits morgen“, bemerkte Carol, „aber ich bin dafür, daß wir uns darum erst viel, viel später kümmern.“

„Fein. Dann geh’ ich jetzt zu Bett.“ Sie bedachte Sybil mit einem listigen Lächeln. „Du bleibst doch, Liebe?“

Gleichermaßen amüsiert wie irritiert sagte Carol: „Mach dich nicht mausig, Tantchen.“

„Ich bin schon im Gehen“, erklärte Sybil und umarmte Tante Sarah. „Ein Triumph – ein wohlverdienter. Schlaf gut.“

Nachdem Tante Sarah verschwunden war, sagte Carol liebevoll: „Zum Teufel, sie gibt niemals auf.“

Sybil suchte ihre Sachen zusammen, und Carol folgte ihr in die kühle Luft des frühen Morgens hinaus. Vögel zwitscherten verschlafen, die Blätter der Eukalyptusbäume wisperten miteinander. Ansonsten lag besänftigende Stille über der Welt. Sinker, auf seinem Nachtspaziergang unterwegs, tauchte überraschend auf und folgte ihnen mit hocherhobenem Schwanz den Weg hinauf.

Am Gartentor drehte sich Sybil um und blickte zum Haus zurück. Alle Lichter brannten noch, es wirkte warm und einladend. „Ich kann einsehen, warum du dieses Haus niemals verlassen würdest, Carol."

Schweigend stand Carol da und betrachtete ihr Haus mit liebevollem Lächeln. Von Kindheit an war es Teil ihres Lebens gewesen. Eine Bewegung zog ihre Aufmerksamkeit auf sich. Eine Gardine blähte sich im leichten Wind.

Ohne Sybil anzusehen, sagte sie: „Wir könnten uns etwas zusammen kaufen."

„Carol. Was meinst du damit?"

Absurd nervös verschränkte sie ihre Finger mit Sybils. Wenn Sybil sich abwandte, wäre dieser Moment für immer verloren. Sybil rührte sich nicht.

Den Blick auf die erleuchteten Fenster geheftet, sagte Carol: „Wir könnten unsere Häuser verkaufen und mit dem Geld etwas kaufen, das uns gehörte – nicht dir oder mir."

Stille. Carol sagte: „Ich halte die Luft an, also sag etwas, bevor mir die Puste ausgeht."

„Du meinst das tatsächlich?"

„Ich meine es." Carol sah sie an. „Du mußt nichts sagen." Sie ließ Sybils Finger los. „Aber ich wünschte, du tätest es."

„Das ist ein ziemlicher Schock."

„Für mich auch", sagte Carol verlegen. „Ich hatte keine Ahnung, daß ich das sagen würde... Und meinen."

Stirnrunzelnd blickte Sybil sie an. „Ich glaube", sagte sie dann, „mit dem Gedanken könnte ich mich anfreunden."

Claire McNab

Die Carol-Ashton-Krimis

Spaß muß sein

ISBN 3-88104-374-8

Erben und Sterben

ISBN 3-88104-368-3

Operation Pelikan

ISBN 3-88104-359-4

Tödliches Eisen

ISBN 3-88104-353-5

Unter Verdacht

ISBN 3-88104-349-7

Der Trick

ISBN 3-88104-332-2

Überfällig

ISBN 3-88104-321-7

Geheimer Kreis

ISBN 3-88104-290-3

Marquis läßt grüßen

ISBN 3-88104-277-6

im Verlag Frauenoffensive

Claire McNab

Bodyguard
ISBN 3-88104-264-4

Das Ende vom Lied
ISBN 3-88104-242-3

Ausradiert
ISBN 3-88104-217-2

Tod in Australien
ISBN 3-88104-214-8

Die Denise Cleever-Thriller

Killerbienen
ISBN 3-88104-371-3

Zum Abschuß frei
ISBN 3-88104-364-0

Mord undercover
ISBN3-88104-337-3

Mord inklusive
ISBN 3-88104-343-8

im Verlag Frauenoffensive